AF340087

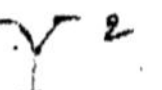

L'INNOCENCE D'UN FORÇAT

PAR

CHARLES DE BERNARD

I

En septembre 1828, vers deux heures du matin, les maisons de campagne situées le long de la Garonne, entre la Réole et Cadillac, se trouvaient plongées dans ce calme profond qu'ignore le sommeil des villes, et pendant lequel, selon l'expression de Delille, on ne voit que la nuit, on n'entend que le silence. Un seul pavillon isolé au milieu d'un parc de médiocre étendue semblait faire exception au repos général. A l'angle de ce bâtiment, du côté du levant, une fenêtre du premier étage laissait échapper une lueur si faible que, d'un peu loin, pour être certain de son existence il fallait la regarder attentivement. Un coureur d'aventures qui fût parvenu à escalader le mur du parc, à grimper ensuite jusqu'au balcon de cette fenêtre et à s'y tenir cramponné, se serait peut-être trouvé suffisamment payé de sa peine par le tableau mystérieux offert à sa curiosité. A travers la fente de deux rideaux de soie bleue, l'œil pouvait entrevoir l'intérieur d'une chambre à coucher meublée avec élégance et doucement éclairée par une veilleuse. Sur un lit placé dans le fond, une femme, à la fleur de l'âge et de la beauté, dormait d'un sommeil dont l'agitation fébrile trahissait une de ces émotions te-

naces que ne parvient pas même à interrompre la suspension momentanée du sentiment et de la pensée. Près d'elle, un homme au front pâle et ridé par la vieillesse veillait immobile et muet. La tête penchée sur le chevet, retenant son haleine et comprimant d'une main les battements de son cœur, il épiait avec une avidité sinistre les paroles entrecoupées qu'un rêve pénible faisait éclore des lèvres de la jeune femme.

— Son nom ! elle ne prononcera pas son nom ! se dit-il après une vaine attente en promenant autour de lui un regard où étincelait une rage impuissante.

— Arthur, murmura-t-elle, comme si une puissance fatale eût brisé soudainement le dernier sceau qui protégeât encore un secret à demi trahi par les révélations du sommeil.

— Arthur, répéta le vieillard en se redressant aussi brusquement que si ce nom eût été un poignard près de lui percer la poitrine. — Arthur d'Aubian ! et je refusais de le croire. Arthur ! O misérable aveugle que j'étais !

Il essuya par un geste convulsif la sueur qui humectait son front livide, et se penchant sur ce lit plus redoutable pour lui que n'eût été une tombe entr'ouverte, il approcha de nouveau son oreille de la bouche fraîche et charmante d'où sortaient des paroles empoisonnées.

— Je ne veux plus, balbutia la jeune femme en faisant un effort pour se soulever; c'est risquer ta vie... la mienne ne serait rien, mais toi... non, je ne veux plus... il a des soupçons... il te tuerait !

Elle poussa un sanglot étouffé, frissonna de la tête aux pieds, et se mit sur son séant par un sursaut plein d'angoisses. Le vieillard crut qu'elle s'éveillait, et se glissa derrière les rideaux du lit pour se dérober à sa vue; mais elle, sans ouvrir les yeux, resta quelque temps immobile dans la position qu'elle avait prise. Peu à peu le changement de sa physionomie annonça celui de ses idées; la terreur empreinte sur ses traits fit place à une expression de recueillement, qui à son tour se changea en une attention soucieuse et profonde. La jeune femme, dont l'exaltation nerveuse avait acquis le degré d'intensité où commencent les phénomènes du somnambulisme, pencha la tête comme pour prêter l'oreille à quelque bruit inquiétant; tout à coup elle se leva, vêtit un peignoir, et s'approcha de la fenêtre en marchant avec précaution.

— Minuit, dit-elle tout bas; je n'ai pas une goutte de sang dans les veines... Ce mur est si élevé ! s'il se blessait !... Je l'entends dans le jardin... Comme il marche fort... C'est ce sable qu'on a mis dans les allées... Oh ! c'est la dernière fois... Je vais le lui dire... Craindre ainsi c'est plus que mourir.

Avec une précision de mouvements attestant cette clairvoyance intérieure à laquelle la science n'a pas encore trouvé d'explication satisfaisante, la somnambule, dont les paupières étaient toujours fermées, éteignit la veilleuse et poussa le verrou de la porte; puis elle fit jouer les cordons des rideaux et ouvrit la fenêtre sans que le moindre bruit parvînt aux oreilles de son mari qui, à quelques pas en arrière, suivait cette pantomime d'un regard plein d'une sombre fureur. Elle prit ensuite dans sa table à ouvrage un long ruban qu'elle déroula en dehors de la fenêtre jusqu'à ce qu'elle pût supposer qu'il avait touché le sol; un moment après, elle le retira et fit le simulacre d'attacher à l'appui du balcon le crochet d'une échelle de corde. Elle rentra aussitôt dans l'intérieur de la chambre, palpitante et respirant à peine. Tout à coup elle ouvrit les bras et les jeta éperdûment autour d'un être imaginaire en murmurant d'une voix passionnée :

— Ma vie !

Elle n'étreignit que le vide et resta quelque temps interdite, les bras croisés sur la poitrine.

— Arthur ! s'écria-t-elle enfin, saisie d'un fol accès de terreur, et elle se précipita vers le balcon. Les mains débiles de son mari trouvèrent pour la retenir une énergie momentanée.

— J'ai peur ! Il ne faut pas me faire peur, dit-elle sourdement en se débattant dans ses bras.

Les angoisses de la femme aimante avaient fait place à l'instinct particulier aux personnes atteintes de somnambulisme qui, par une incompréhensible perception de leur état, craignent par-dessus tout d'être brusquement éveillées. Mais la commotion avait été trop forte pour que l'accès pût avoir un dénoûment paisible. Les fils mystérieux par où l'âme s'épanche, pendant le sommeil des organes, ses agents habituels, éclatèrent dans le cerveau comme se brisent, sous un doigt trop rude, les cordes d'une harpe. La jeune femme s'éveilla et poussa des cris étouffés en se trouvant au milieu d'une obscurité profonde, entre des bras inconnus qui la tenaient étroitement enlacée.

— C'est moi, Lucie, lui dit le vieillard avec un effort pénible; c'est moi, n'aie pas peur.

Il alluma des bougies, ferma la fenêtre, et, composant sa figure, il s'approcha de sa femme, qui venait de s'asseoir sur le lit et regardait autour d'elle avec un étonnement silencieux.

— Que s'est-il donc passé ? demanda-t-elle en se pressant le front des deux mains ; j'ai dans la tête un chaos, un volcan ! comment se fait-il que vous soyez là ?

— Je t'ai entendu marcher, répondit son mari d'une voix altérée ; j'ai craint que tu ne fusses malade, et je suis monté.

— De votre chambre on entend donc marcher ici ? reprit Lucie avec un secret effroi.

— C'est la première fois que cela arrive. Jamais ton sommeil n'a été si agité.

— C'est affreux d'être somnambule, dit-elle en baissant la tête, et l'on dit qu'il n'y a pas de remède. Ai-je parlé en dormant ?

Elle prononça ces dernières paroles d'une voix faible.

— Non, répondit le vieillard, dont la figure demeura froide, tandis que ses ongles lui déchiraient la poitrine.

Il prit un flambeau, souhaita à sa jeune femme une fin de nuit paisible, et descendit à son appartement. En rentrant dans sa chambre, ses forces l'abandonnèrent, et il se laissa tomber sur un fauteuil. Il y resta anéanti, et pour ainsi dire, insensible. A la fin l'énergie morale, que ne détruit pas toujours la caducité physique, se réveilla furieuse et implacable dans le cœur de ce vieillard en apparence brisé par la découverte de son déshonneur.

— Comment le tuer ? s'écria-t-il en se tordant les mains... Elle ! je n'en aurai pas le courage. Mais lui ! lui ! Le provoquer ! Il refusera de se battre. Il me parlera de ma vieillesse, et tout le monde l'approuvera. Car il est permis, il est honorable d'arracher à un vieillard le bonheur de ses derniers jours, de livrer son nom à la risée, de le rendre fou de honte et de désespoir; mais croiser le fer avec lui, ce serait outrager ses cheveux blancs ! Et puis n'ont-ils pas raison ? Ma vue est débile, ma main est tremblante ; dans un duel je succomberais sans me venger. Il m'épargnerait peut-être ? Non, pas de duel, pas d'incertitude, pas de hasard. Sa mort à tout prix, dussé-je l'assassiner !

Le mari outragé passa le reste de la nuit à rouler dans son esprit mille projets de vengeance. Au point du jour, il sortit et se promena longtemps dans le parc, avant que personne fût levé dans la maison. A la fin, un jardinier qu'il employait depuis peu à des travaux de terrassement le rencontra au détour d'une allée. A la vue du vieillard, l'ouvrier ôta son bonnet, et s'approchant d'un air de mystère :

— Monsieur Gorsaz, lui dit-il, ça se trouve bien que vous soyez si matinal; j'ai quelque chose à vous dire, et j'aime autant que les autres ne soient pas là.

— Qu'y a-t-il, Piquet ? demanda le vieillard d'un ton brusque.

— Il y a, monsieur Gorsaz, qu'hier, pendant la nuit, on a forcé la fenêtre de la petite serre où nous enfermons nos outils. La veille au soir j'y avais oublié ma veste, où se trouvait ma montre, un oignon d'argent tout neuf, qui m'avait, ma foi, coûté dix-huit francs. Il y avait aussi dans une des poches quatre écus de cent sous, et au moins trois francs de monnaie. J'ai retrouvé la veste, à preuve que la voilà sur mon dos; mais l'argent et la montre, bernique.

— Il n'y a que vos ouvriers qui entrent dans cette serre, dit M. Gorsaz.

— Aussi c'est l'un d'eux qui a fait le coup ; j'en mettrais ma main au feu.

— Qui soupçonnez-vous ?

— Jean-Pierre et Vacherot sont du pays ; il y a vingt ans que je les connais, et je répondrais d'eux comme de moi. Il n'y a donc, sauf votre respect, que ce sournois de Bonnemain qui ait pu avoir l'idée de la chose.

— Bonnemain ? répéta le vieillard, qui sembla réfléchir profondément.

— Je me suis toujours défié de ce paroissien-là, reprit Piquet ; avec ça qu'il gâte l'ouvrage que j'en suis honteux pour lui. Ça se dit jardinier et ça ne sait pas seulement faire une greffe en écusson.

— Vous n'avez que des soupçons, et il faudrait des preuves, dit M. Gorsaz, qui semblait prendre à cette affaire plus d'intérêt qu'on n'eût dû s'y attendre.

— Des preuves ! en voici une que j'ose dire un peu claire, répondit le jardinier en tirant de sa poche un petit clou qu'il prit entre le pouce et l'index : c'est ce clou tout neuf, que j'ai trouvé sur la fenêtre. Il n'y a que Bonnemain qui en ait de pareils à ses souliers, qu'il a achetés à La Réole, il n'y a pas dix jours, et justement il lui en manque un au pied droit ; j'ai vu ça hier, quand il s'est déchaussé pour descendre dans le vivier.

— Avez-vous parlé de cela à quelqu'un ? demanda le vieillard.

— Pas si sot, répondit le jardinier d'un air fin ; j'ai voulu d'abord vous demander conseil.

— Vous avez agi prudemment. Jusqu'à nouvel ordre, ne dites rien à personne ; et quand vous verrez Bonnemain, envoyez-le moi : je me charge de le faire parler.

Piquet hocha la tête d'un air de doute.

— C'est un sournois, dit-il, un malin fini ; c'est le diable à confesser, voyez-vous bien, monsieur Gorsaz.

Le vieillard congédia le jardinier d'un signe de tête, et s'achemina lentement vers la maison. Il rentra dans son appartement et y attendit avec une étrange impatience l'auteur présumé du vol, qui ne tarda pas à paraître à l'entrée de la chambre, où il s'arrêta respectueusement sa casquette à la main.

II

Bonnemain était un homme d'une quarantaine d'années, vigoureusement découplé, porteur d'une physionomie doucereuse, et vêtu avec une sorte de recherche étrangère à sa profession.

— Fermez la porte et approchez-vous, lui dit M. Gorsaz qui lui-même poussa les châssis de la fenêtre devant laquelle il était assis.

Après avoir obéi, l'ouvrier resta debout et immobile ; son maintien était assuré et sa figure calme.

— Bonnemain ou plutôt Baptiste Leroux, lui dit le vieillard en le regardant d'un œil fixe et perçant, un vol a été commis la nuit dernière dans ma maison. Innocent ou coupable, vous en serez accusé, car vos antécédents font nécessairement tomber sur vous les soupçons ; d'ailleurs il existe dès à présent des preuves, et la procédure en saura découvrir d'autres. Vous avez déjà subi une peine afflictive, vous vous trouvez donc en état de récidive, et vous n'ignorez pas sans doute la condamnation qui vous attend. Ce sont les travaux forcés à perpétuité.

— Je tombe de mon haut, répondit Bonnemain avec un air ébahi qui en eût imposé peut-être à un juge d'instruction ; je vous donne ma parole d'honneur, monsieur Gorsaz, que je suis innocent. J'ai été dans la peine, ça c'est vrai, je ne puis pas dire le contraire, puisque, quand je suis venu ici demander de l'ouvrage, il a fallu vous montrer ma feuille de route ; mais parce qu'on a fait une sottise dans sa jeunesse, ce n'est pas une raison pour être toute sa vie un malhonnête homme. Sûr comme il y a un Dieu qui nous écoute, je ne sais pas de quoi vous voulez me parler.

— Pour quel crime avez-vous été condamné une première fois aux travaux forcés ? demanda M. de Gorsaz.

— Pour un faux, que j'avais eu le malheur de commettre en étant dans une maison de commerce, répondit le forçat libéré d'un air contrit.

— Pour un assassinat, répliqua le vieillard en baissant la voix, mais avec un accent énergique, pour un assassinat commis entre Prades et Villefranche, sur la personne d'un percepteur des contributions à qui vous espériez prendre sa recette, dont par bonheur pour vous il ne se trouva pas chargé. Je dis par bonheur pour vous, car le vol n'ayant pas eu lieu, et la préméditation étant écartée par le jury, vous ne fûtes condamné qu'aux galères. A Toulon, votre conduite vous mérita une commutation de peine, et, au lieu de finir votre vie au bagne, vous n'y êtes resté que dix ans. Vous voyez que je suis bien informé.

— Ah ! vieil argousin pensa Baptiste Leroux dit Durand, dit Lejeune, dit Bonnemain, si nous étions seuls au fond d'un bois, comme je te ferais ton affaire, en deux mouvements ; le temps de boire un canon !

M. Gorsaz sembla deviner la pensée sanguinaire de l'homme qu'il interrogeait, car il jeta les yeux en dehors de la fenêtre avec une sorte d'inquiétude ; il fut rassuré par la présence des ouvriers qui travaillaient dans le jardin à quelques pas de là. En plein jour, dans sa maison et à portée d'un pareil secours, il pensa qu'il n'avait rien à redouter de la fureur que paraissait éprouver le forçat, malgré ses efforts pour paraître calme. Il continua donc l'entretien, mais ce fut avec la familiarité d'un conseiller indulgent plutôt qu'avec la sévérité d'un juge prêt à punir.

— Jusqu'à présent vous avez eu du malheur, dit-il, vous avez passé dix ans aux galères pour un meurtre qui ne vous a rien rapporté, et vous voilà sur le point d'y retourner à perpétuité pour avoir pris une montre qui vaut peut-être vingt francs.

— Elle n'en vaut pas dix, interrompit Bonnemain, qui aussitôt se mordit les lèvres jusqu'au sang.

— Dix ou vingt, peu importe, reprit le vieillard en souriant ironiquement ; l'essentiel c'est que le vol soit prouvé, et il l'est maintenant de votre aveu même. Je vais être forcé de vous faire mettre en arrestation.

— Vous ferez arrêter un innocent, dit le forçat en perdant malgré lui quelque chose de son assurance.

M. Gorsaz pencha la tête et resta quelque temps les yeux baissés ; les relevant enfin, il arrêta sur Bonnemain un regard qui semblait vouloir percer les derniers replis de cette âme dégradée par l'habitude du crime.

— Supposons, lui dit-il, qu'au lieu de vous livrer à la justice, je vous fournisse les moyens de vous rendre à Bordeaux, et de vous y embarquer pour un port étranger, Saint-Sébastien ou Bilbao ; supposons encore que, non content de vous sauver, je vous remette une somme d'argent suffisante pour former un établissement hors de France et y vivre à l'abri du besoin : dix mille francs par exemple, que penseriez-vous d'une semblable proposition ?

Le forçat libéré ne manifesta son émotion que par un mouvement de lèvres presque imperceptible; avec la sagacité particulière aux gens qui ont vécu d'une industrie coupable et quelquefois sanglante, il comprit à l'instant même qu'il s'agissait d'un marché et non d'un bienfait. Cette pensée lui rendit tout son aplomb; car traiter avec un supérieur, c'est pour le moment devenir son égal.

— Ce que je penserais, monsieur Gorsaz, répondit-il après avoir paru réfléchir, ma foi, je me dirais : Bonnemain, ce n'est pas pour tes beaux yeux qu'on t'offre comme ça dix mille francs. Il faut donc qu'on ait besoin de toi pour une affaire qui en vaille la peine. C'est que, voyez-vous, c'est un fameux pourboire, dix mille francs!

— Et cette affaire, vous en chargeriez-vous? demanda le vieillard d'une voix concentrée.

— Ça dépend, dit Bonnemain; je n'ai jamais rebuté l'ouvrage : il n'y a que les fainéants qui refusent de travailler; mais encore faut-il savoir de quoi il retourne.

— Supposez ce qu'il y a de plus grave.

— Quelque chose comme l'affaire du percepteur, n'est-il pas vrai? demanda le forçat d'un air doucereux.

— Oui, répondit M. Gorsaz avec un accent profond.

— Seulement, cette fois, au lieu d'avoir une idée sur l'argent du gouvernement, il s'agirait peut-être de se débarrasser d'un joli garçon qui escalade les murs et les fenêtres comme s'il n'avait pas d'autre état?

— Tu l'as vu? s'écria le vieillard mis hors de lui-même par cette révélation inattendue.

— Écoutez, monsieur Gorsaz, dit Bonnemain avec aisance, il faut être rond en affaires. Je vais vous parler le cœur sur la main; d'ailleurs maintenant je n'ai plus peur que vous me dénonciez. Cet imbécile de Piquet ayant donc laissé dans la petite serre sa veste où était sa montre et de l'argent, et moi me trouvant dans la gêne, ça me donna une idée. On est homme! Me voilà entré dans le parc, par le mur qui est derrière l'allée de platanes. Tout à coup, j'entends du bruit au-dessus de moi; je crois d'abord que c'est un chat ou une fouine, mais pas du tout, c'est un individu qui se laisse glisser le long du mur, et qui se met ensuite en marche vers la maison. Bon, que je me dis, voici un camarade qui a peut-être une idée meilleure que la mienne, et alors ce sera part à nous deux. Il était à peu près minuit, et on y voyait comme dans un four. C'est égal, j'ôte mes souliers, et je le suis. Le voilà donc arrivé juste devant votre fenêtre; je me couche à plat ventre sur la pelouse pour qu'en se retournant il ne puisse pas m'entrevoir. Qu'est-ce que j'aperçois alors? Une fenêtre qui s'ouvre là-haut, quelque chose de blanc qui s'y montre, et puis mon individu qui y grimpe en deux mouvements, le temps de boire un canon! Excusez, que je me dis, il paraît que le camarade a des intelligences dans la maison, et que nous travaillons dans des genres différents. Pour lors, voyant que la chose ne me regardait pas, je suis allé à mes petites affaires.

— As-tu reconnu cet homme? demanda le vieillard d'une voix sourde.

— Je crois, répondit le forçat en ricanant, que vous feriez mieux de demander ça à madame Gorsaz qui l'a vu de plus près que moi.

— L'as-tu reconnu? redit avec un accent de fureur le mari de Lucie.

— Oui, fit Bonnemain, c'est M. Arthur d'Aubian, qui demeure près de la rivière, à vingt minutes d'ici.

— Eh bien ! c'est lui qu'il faut tuer, dit le vieillard en se levant dans un transport frénétique.

— Je ne dis pas oui, je ne dis pas non, répondit l'ex-galérien d'un ton dégagé. Je risque ma boule à ce jeu-là : si je perds, je sais ce qui m'attend; si je gagne...

— Tu auras dix mille francs, dit M. Gorsaz en l'interrompant.

— C'est plus que ne vaut tout mon individu, il n'y a aucun doute; je ne chicane donc pas sur le prix. Mais, la chose faite, qui m'assure que vous me donnerez mon dû? Vous pensez bien que je n'aurai pas le temps d'attendre, et, comme on dit, on ne trouve pas dix mille francs dans le pas d'un cheval; vous n'en avez peut-être pas le quart à la maison; parce qu'on est riche, ce n'est pas une raison pour garder chez soi tant d'argent comptant.

Au lieu de répondre à cette objection, le vieillard s'approcha d'un secrétaire, placé près de la cheminée; il l'ouvrit, déplaça un des tiroirs, et tira d'une cavité pratiquée en cet endroit une sébile dont les compartiments renfermaient une vingtaine de petits rouleaux; il en prit successivement trois ou quatre, les brisa, et, de leurs enveloppes déchirées, fit tomber sur le bureau une pluie de pièces d'or. Le forçat ne manifesta son émotion que par l'étincellement soudain de son regard, et un sourire féroce qui s'éteignit presqu'au même instant sur ses lèvres étroites et décolorées.

— Tu vois que ton argent est prêt, lui dit M. Gorsaz en le regardant attentivement; est-ce un marché conclu?

— Quand on ne paye pas d'avance, on donne des arrhes, répondit Bonnemain qui se tordait les mains derrière le dos pour résister à la tentation.

— Les voilà, lui dit le vieillard en prenant une dizaine de pièces de vingt francs qu'il lui présenta; après l'événement, tu en recevras cinquante fois autant; tu vois que c'est de l'or, tu n'auras pas de peine à le porter.

— L'argent n'est jamais lourd, répondit le forçat d'un ton sentencieux, et, sans autre discussion, il serra dans sa poche les arrhes de ce marché.

Le pacte était conclu entre l'homme du bagne et le vieillard jusqu'alors sans reproche. Les deux complices discutèrent alors les moyens d'accomplir sûrement l'attentat dont Arthur d'Aubian devait être la victime. N'écoutant que l'impatience de sa haine, le mari outragé voulait une vengeance aussi prompte que terrible; attendre jusqu'au soir lui semblait intolérable. L'assassin subalterne, sur qui retombaient la responsabilité et le péril de l'exécution, n'eut pas de peine à démontrer qu'un meurtre en plein jour était impraticable.

— Puisqu'il a l'habitude de sortir pendant la nuit, il faut choisir ce moment-là, dit-il, avec l'assurance d'un homme qui a mûrement étudié la matière dont il parle; il y a entre sa maison et la vôtre un petit sentier bien commode, on peut s'y cacher derrière une haie. Il n'y a pas d'habitation à plus de dix minutes de là, et la Garonne est à deux pas. La lune ne se lève qu'à deux heures, et comme, à ce qu'il paraît, c'est à minuit qu'il se met en marche, il y a moyen de le *butter* sans se compromettre. La fois du percepteur, c'est cette chienne de lune qui m'a fait reconnaître par un voiturier, et j'ai bien donné ma parole d'honneur de ne jamais travailler dorénavant avec ce quinquet-là sur la tête. C'est qu'il n'y a pas moyen de l'éteindre, voyez-vous!

— Il faut, avant tout, rendre à Piquet la montre et l'argent que vous lui avez pris, dit M. Gorsaz. Il a des soupçons sur vous. S'il formait une plainte, vous seriez arrêté...

— Et ça vous contrarierait, interrompit familièrement le voleur près de redevenir assassin, je comprends ça ; on me coffrerait, et pendant ce temps-là ce beau M. d'Aubian pourrait bien encore escalader les murs du parc. Va pour la restitution ; je vais la faire tout de suite, et Piquet n'y verra que du feu. Je n'y tiens pas du tout, à sa méchante bassinoire ; elle ne vaut pas la peine que je me suis donnée pour la prendre.

Le projet étant définitivement arrêté, les deux hommes se séparèrent ; mais avant de sortir de la chambre, Bonnemain en examina les moindres recoins avec l'attention intelligente dont sont doués en général les profès en volerie. Il remarqua la place secrète où le vieillard recachait la sébile pleine d'or, et la manière dont il fermait le secrétaire ; enfin, il étudia la structure de la fenêtre, et vit qu'elle n'avait pas de volets à l'intérieur. Au dehors une simple persienne la protégeait contre une escalade que rendait praticable le peu d'élévation du rez-de-chaussée. Satisfait de son examen, le forçat salua respectueusement l'homme auquel il venait de se vendre, et il alla dans le jardin rejoindre ses compagnons de l'air tranquille et benin qui lui était habituel.

Dans l'après-midi, M. Gorsaz qui se promenait à pas lents dans une allée du parc, fut accosté de nouveau par son jardinier.

— Il faut que je sois ensorcelé, lui dit maître Piquet, dont la figure hâlée semblait doublement épanouie de joie et de stupéfaction. Figurez-vous, monsieur Gorsaz, que ma montre et mon argent viennent de se retrouver dans ma poche, sans que je puisse m'imaginer par quel chemin ils y sont rentrés. S'il y avait encore des sorciers, la chose serait claire ; mais, aujourd'hui, on ne croit plus à toutes ces bêtises-là.

— C'est un de vos camarades qui aura voulu s'amuser à vos dépens, répondit le vieillard, qui haussa les épaules et continua son chemin.

— C'est égal, pensa Piquet, on ne m'ôtera pas de l'idée que Bonnemain est un sournois, et à la place de M. Gorsaz, je m'en débarrasserais joliment.

III

Vers le milieu de la nuit suivante, une étrange rencontre eut lieu sur le chaperon du mur qui fermait le parc de M. Gorsaz du côté de l'allée de platanes. Deux hommes qui escaladaient en même temps cette clôture, l'un du dehors, l'autre de l'intérieur, se trouvèrent inopinément nez à nez, lorsqu'ils en eurent atteint le sommet. Mutuellement effrayés d'une apparition si imprévue, tous deux faillirent lâcher prise. A défaut de réflexion, l'instinct les préserva d'une chute ; ils se cramponnèrent à l'arête de pierres, l'enjambèrent d'un élan vigoureux, afin de s'établir sur un terrain plus solide que les appuis dont ils s'étaient servis pour leur ascension, et restèrent un instant immobiles en face l'un de l'autre, à cheval sur le mur qu'ils serraient fortement de leurs jambes, de manière à conserver les mains libres pour la lutte que rendait probable un pareil début. Ils étaient si rapprochés que, malgré l'obscurité, ils purent s'entrevoir et bientôt après se reconnaître. Celui qui venait du dehors, vit tout à coup le bras de son adversaire levé ; et à l'extrémité de la silhouette qui se dessina rapidement sur le sombre azur du ciel, il distingua la lame d'un poignard ou d'un couteau. La retraite était impossi-

ble, l'attente mortelle. Sans armes lui-même, il s'élança sur l'homme prêt à le frapper, lui saisit le bras d'une main, et de l'autre l'étreignit rudement à la gorge.

— Bonnemain, jette ton couteau, lui dit-il à demi-voix, sinon je te jette toi-même en bas du mur.

Contraint d'obéir, sous peine de la vie, le forçat lâcha son arme qui tomba dans le parc.

— Monsieur d'Aubian, laissez-moi descendre, dit-il alors d'une voix entrecoupée ; je ne vous empêche pas d'entrer, ne m'empêchez pas de sortir.

— Tu viens de commettre un vol, dit Arthur ; on n'escalade pas les murs sans mauvaise intention.

— Vous les escaladez bien, vous, répondit Bonnemain ; est-ce à dire que vous soyez un voleur ?

Rendu muet par cette réponse, l'amant de Lucie réfléchit qu'un vol eût-il été commis, il lui était impossible d'arrêter le coupable sans compromettre la femme qu'il aimait.

— Laissons-le aller, pensa-t-il, sans doute il a intérêt à ce que je me taise ; ainsi lui-même il ne dira rien.

Délivré du double étau qui lui avait tordu le bras et presque enlevé la respiration, Bonnemain se pencha sans rien dire, et tâtonna en dehors du mur. Il trouva bientôt la corde à nœuds dont Arthur s'était servi, et que fixait à la tranche du chaperon un crochet lancé d'une main vigoureuse et exercée. Le forçat la saisit fortement, et se jetant en dehors à corps perdu, il se mit à descendre avec l'agilité d'un écureuil. A mi-chemin, il s'arrêta tout à coup, et remonta presque aussi vite qu'il était descendu.

— Ni vu ni connu, entendez-vous, dit-il au jeune homme ; ou bien si vous me dénoncez, je raconterai comme quoi l'autre nuit je vous ai vu entrer dans la chambre de madame Gorsaz.

Sans attendre la réponse, Bonnemain se laissa glisser jusqu'à terre, et s'élança dans la campagne, où, grâce à l'obscurité, il disparut presque aussitôt.

Arthur resta quelque temps immobile à la place où le forçat l'avait laissé. L'idée de voir le secret de ses amours à la merci d'un pareil misérable lui fit éprouver un chagrin mêlé de colère ; puis il essaya de se rassurer en se disant qu'il ne devait redouter aucune indiscrétion de la part d'un homme intéressé lui-même à garder le silence. Cependant, malgré ses efforts pour chasser de son esprit l'impression qu'y avait fait naître ce désagréable incident, il ressentit une vague appréhension, qu'à travers tous les périls de ses rendez-vous nocturnes, il avait ignorée jusqu'alors. Au lieu de descendre rapidement dans le parc, comme il en avait l'habitude, il hésita et fut sur le point de rétrograder ; mais il pensa que Lucie l'attendait, et l'amour triompha de la prudence. Il fit passer en dedans du mur la corde à nœuds et vit alors que cette fois elle lui serait inutile ; car, pour faciliter sa fuite, Bonnemain avait apporté une des grandes échelles employées dans le jardin. D'Aubian eut bientôt atteint le sol, et, malgré la nuit profonde, il se dirigea à travers les arbres, en homme à qui cet obscur labyrinthe était familier. En approchant du pavillon, il s'arrêta tout à coup, car il lui sembla qu'un bruit inexplicable venait de rompre le silence à peine troublé jusqu'alors par la brise monotone qui faisait frémir le feuillage. N'entendant plus rien, il reprit sa marche ; mais, presque aussitôt, un son plus distinct, semblable à la voix d'un homme qui en appelle d'autres, l'arrêta de nouveau. Plusieurs cris, partis de différents points, se succédèrent rapidement et parurent se répondre. Il était évident que le vol commis, selon toute apparence, par Bonnemain, avait donné l'éveil aux habitants de la maison et qu'une battue avait lieu dans le parc. Avec la rapidité d'un daim qui entend les premiers abois de la meute, Arthur prit sa course pour regagner le lieu par où il était entré. Au moment d'y arriver il vit courir devant lui, dans le taillis, une lumière semblable à un feu follet. Il aperçut bientôt distinctement un homme muni d'une lanterne et parcourant à grands pas l'étroite allée qui côtoyait le mur d'enceinte. En apercevant l'échelle, celui-ci s'arrêta comme un limier qui flaire une trace et se mit à pousser des cris que d'autres voix répétèrent à quelque distance. Bientôt deux lumières pareilles à la première se montrèrent à travers les arbres, et l'amant de Lucie vit que la retraite lui était fermée. Il hésita un instant, puis il comprit qu'aller au-devant du danger était plus prudent que de le fuir sans espoir de s'y dérober. Il s'avança donc vers les batteurs d'estrade, qui s'étaient réunis au pied de l'échelle, où ils discutaient d'une manière fort animée. A la vue du jeune homme qui sortit brusquement de la futaie, il y eut une émotion générale. Les plus prudents ne bougèrent pas, mais le plus hardi se jeta sur le nouveau venu, qu'il n'avait pas eu le temps de reconnaître.

— Qu'y a-t-il donc, Piquet ? dit Arthur en repoussant le chef de cette expédition nocturne qui venait de le saisir au collet.

— Comment ! c'est vous, monsieur d'Aubian ? répondit le jardinier stupéfait d'une pareille rencontre.

— Qu'est-il arrivé et que signifie tout ce mouvement ? reprit le jeune homme.

— Hélas ! mon Dieu, dit Piquet, c'est ce pauvre M. Gorsaz qui vient d'être assassiné.

— Assassiné ! s'écria d'Aubian en pâlissant.

— Saigné à blanc ! il en a reçu de ces coups de couteau que ça fait frémir la nature. Nous courons après l'assassin qui, bien sûr, s'est sauvé par ici, car voilà encore mon échelle dont ce gueusard se sera servi... Mais comment se fait-il que vous soyez dans le parc à cette heure ? continua-t-il en regardant le jeune homme d'un air de défiance.

Arthur avait eu le temps d'inventer une histoire qui pût justifier la position équivoque où il se trouvait.

— D'après ce que vous me dites, répondit-il, je suis sûr d'avoir vu l'assassin.

— Voyez-vous ! qui est-il ?... L'avez-vous reconnu ? demandèrent à la fois les trois hommes en se groupant autour de lui.

— Je revenais de Cauderol, dit d'Aubian, et, pour rentrer chez moi, je passais dans le sentier qui est en dehors du parc. Tout à coup j'ai aperçu un homme qui se laissait glisser du haut du mur. Cela m'a paru suspect et je me suis approché ; mais, en me voyant courir sur lui, il a pris la fuite et a disparu bientôt dans les champs. A sa place, je n'ai plus trouvé qu'une corde accrochée à la muraille. Craignant qu'un malheur ne fût arrivé chez M. Gorsaz, j'ai grimpé, à l'aide de cette corde, pour arriver plus vite à la maison et y donner l'alarme. C'est ce que j'allais faire quand j'ai aperçu vos lanternes.

— Et l'avez-vous reconnu, ce brigand-là ? demanda un des domestiques.

— Non, dit Arthur qui se rappela la menace du forçat.

— Il n'y a que Bonnemain qui ait pu faire ce coup, dit Piquet ; je me suis toujours défié de ce sournois-là.

Un des ouvriers, qui s'était remis à fureter le long de la muraille, se redressa tout à coup.

— Je tiens le couteau, s'écria-t-il ; il y a encore du sang après.

L'instrument du meurtre passa de main en main. C'était un de ces poignards sans gaine, nommés couteaux catalans par les armuriers, et dont la lame, en se déployant, se trouve arrêtée au moyen d'un ressort. L'acier avait été soigneusement essuyé, mais, dans la rainure du manche, il avait retrouvé le sang dont on avait voulu effacer la trace.

— Il ne peut pas être bien loin, dit le maître jardinier, il faut le traquer comme un loup enragé qu'il est. Allons ! en route, tout le monde ! Mais vous, monsieur d'Aubian, est-ce que vous ne venez pas un peu consoler cette pauvre dame Gorsaz qui est quasi folle ? Pensez donc quelle révolution ça lui a faite à cette chère femme ! On a envoyé chercher le médecin, le curé, le procureur du roi, tout le tremblement ! mais vous qui êtes un ami de la maison, je suis sûr qu'elle serait bien aise de vous voir.

Ombrageux comme tous les hommes dont la conscience n'est pas sans reproche, Arthur crut voir dans ces paroles une intention ironique, étrangère en réalité à l'esprit sans malice de l'honnête jardinier. Toutefois il craignit qu'un refus n'éveillât des soupçons, et d'ailleurs le malheur qui venait de frapper Lucie lui faisait éprouver un douloureux désir de la voir et de l'assurer de son éternel dévouement, seule consolation qu'il pût offrir au moment d'une si terrible catastrophe. Il accompagna donc, sans faire d'objection, maître Piquet, qui reprit le chemin du logis en emportant comme pièces de conviction le couteau poignard et la corde à nœuds.

— Avait-il pris ses précautions, le scélérat ! dit le jardinier chemin faisant ; il aura pensé que son échelle serait trop lourde pour qu'il puisse lui faire franchir la muraille ; c'est pourquoi il a apporté cette corde à crochet, un véritable instrument de voleur. Il faut avoir les poignets et les reins solides, pour grimper le long de cet outil-là.

— M. Gorsaz est-il mort ? demanda d'Aubian d'un air pensif.

— Le pauvre cher homme n'en vaut guère mieux, répondit le jardinier en pressant le pas.

Le lieu où le crime avait été commis était la chambre à coucher dans laquelle le vieillard avait eu, quelques heures auparavant, un entretien avec le forçat. L'assassin s'y était introduit par la fenêtre en soulevant, à travers la claire-voie, le crochet intérieur de la persienne et en arrachant, à l'aide d'un morceau de poix, la vitre derrière laquelle se trouvait l'espagnolette. Surpris dans son lit et peut-être dans son sommeil, M. Gorsaz, selon toute apparence, avait été frappé immédiatement. Sans doute aussi sa résistance avait été faible et courte, car il fut trouvé couché comme à l'ordinaire. La couverture était à peine dérangée. On l'aurait cru endormi si les draps n'eussent pas été inondés de sang. Le meurtre accompli, l'assassin avait essayé de forcer le secrétaire. Pendant cette tentative, un vase placé sur la cheminée, et sans doute heurté par lui, était tombé avec fracas ; c'est alors seulement qu'un domestique, couché dans un cabinet voisin, s'était éveillé et avait donné l'alarme.

Le spectacle qui frappa les yeux d'Arthur lorsqu'il entra dans ce lieu fatal, redoubla l'émotion dont il était déjà pénétré. A la lueur de plusieurs flambeaux placés au hasard se dessinait un groupe silencieux, consterné, mais actif. Le lit où gisait la victime avait été tiré au milieu de la chambre, pour faciliter les secours que commençait d'appliquer le médecin. Au chevet, un vieux prêtre était debout, épiant quelque signe de vie, qui lui permît de remplir aussi son ministère. Au mouvement de ses lèvres, on devinait que pour prier il n'avait pas attendu qu'il lui fût possible d'absoudre. Ces deux hommes, investis de sacerdoces également rudes, presque également sacrés, étaient arrivés au même instant. Habitués à se rencontrer au chevet des mourants, à peine avaient-ils échangé une parole ; sans perdre de temps, le médecin avait commencé son œuvre, le prêtre espérait encore la sienne.

Au pied du lit, la femme du vieillard assassiné se tenait immobile ; les mains accrochées au rebord de ce meuble qu'elle avait saisi avec une indomptable énergie lorsqu'on avait voulu l'arracher à ce sanglant spectacle. Pas une larme ne coulait sur ses joues, pas un gémissement ne sortait de sa bouche ; aussi pâle que si elle-même eût été près de mourir, l'œil fixe et les dents serrées, elle contemplait son mari avec une muette stupeur ; et comme pour mieux voir, elle écartait de temps en temps, par un geste empreint de folie, ses cheveux noirs ruisselant en désordre sur son front et sur ses épaules.

A la vue de son amant, Lucie ne témoigna ni trouble ni surprise, il semblait que l'excès de son émotion eût tari en elle la source des sentiments vulgaires ; d'un regard profond, elle lui montra le corps inanimé du vieillard et reprit aussitôt sa morne contenance, qui rappelait les victimes de la fatalité antique. Bercée et souvent endormie par la passion, la conscience se réveille toujours au spectacle de la mort. Lorsqu'il aperçut, baigné dans le sang, l'homme dont il avait trahi l'hospitalité, Arthur sentit passer dans son âme une partie des remords qui bourrelaient le cœur de l'épouse adultère. En ce moment suprême, adresser à la femme qu'il aimait une seule parole, un seul regard, une seule pensée, lui parut une profanation odieuse. Au lieu de s'approcher d'elle, il se mit à côté du prêtre et lui dit à voix basse :

— Y a-t-il quelque espoir de le sauver ?

— Dieu le sait ! répondit le vieillard en levant les yeux au ciel.

Pendant plusieurs heures, les efforts de l'art parurent infructueux. M. Gorsaz ne reprenait pas connaissance, et à chaque instant sa respiration semblait près de s'éteindre. Le médecin, qui, à la première inspection des plaies, avait cru pouvoir assurer qu'elles n'étaient pas mortelles, commençait à perdre l'espérance. L'insensibilité absolue, qu'il avait attribuée d'abord à l'épanchement du sang et à la débilité de l'âge, lui fit craindre, en se prolongeant au delà de toute prévision, que quelque organe vital n'eût été atteint par le poignard de l'assassin. De temps en temps il se penchait vers le blessé et écoutait avec inquiétude le faible souffle péniblement exhalé de sa poitrine. Enfin quelques contractions nerveuses ridèrent l'immobilité sépulcrale qu'avait gardée jusqu'alors la figure du vieillard ; sa respiration devint plus forte ; après un douloureux effort, ses paupières s'entr'ouvrirent ; il essaya de se soulever, mais n'y put parvenir et resta quelque temps la bouche et les yeux ouverts, quoiqu'il ne pût encore ni voir ni parler.

— Curé, je crois que vous pouvez vous aller coucher, dit le médecin en s'essuyant le front ; maintenant je suis sûr que nous le sauverons.

Pour la première fois, d'Aubian chercha les yeux de Lucie, mais il ne les rencontra pas. En entendant les paroles du médecin, la jeune femme s'était jetée à genoux, et elle paraissait prier avec ferveur.

Le jour était venu depuis quelque temps. Devant la maison s'était formé un groupe de paysans et d'ouvriers dont les conversations bruyantes annonçaient quelle impression avait produite dans les environs la nouvelle de l'attentat commis sur la personne d'un homme riche et universellement estimé. L'agitation de cette espèce de rassemblement redoubla tout à coup et prit un caractère de fureur, à la vue de Bonnemain, les mains liées derrière le dos, qu'amenaient triomphalement deux paysans sous la conduite du jardinier Piquet. Les imprécations, les menaces, les cris de mort dont en pareil cas le peuple est toujours prodigue, dans le Midi surtout, accueillirent d'un concert effrayant l'auteur présumé de l'assassinat. Des injures on allait passer aux pierres et peut-être des pierres aux couteaux, lorsque le rassemblement se trouva brusquement divisé par une voiture arrivant au grand trot des chevaux et de laquelle s'élança un personnage vêtu de noir, d'un maintien grave et d'une physionomie sévère.

— Au nom de la loi, s'écria-t-il d'une voix impérieuse, que pas un de vous ne lève la main sur cet homme.

En reconnaissant le procureur du roi du tribunal de la Réole, les plus acharnés renoncèrent à leur mode de justice sommaire, et, cessant leurs vociférations, ils reculèrent de quelques pas. Après avoir interrogé Piquet, le magistrat fit détacher les liens du prévenu, dont les vêtements souillés de boue et le visage meurtri annonçaient qu'il n'avait succombé qu'après une résistance désespérée. Le procureur du roi confia provisoirement le soin de le garder aux hommes de bonne volonté qui s'étaient chargés de son arrestation ; puis il entra dans la maison, afin de poursuivre l'enquête pour laquelle un exprès était allé le chercher au milieu de la nuit.

IV

Grâce aux secours intelligents qui ne cessaient de lui être prodigués, M. Gorsaz avait repris peu à peu quelque force et toute sa connaissance, quoiqu'il n'eût pas encore recouvré la parole. En attendant qu'il fût en état de soutenir un interrogatoire, le procureur du roi vérifia l'état des lieux et fit recueillir avec une attention scrupuleuse les objets servant de preuves matérielles qui devaient figurer plus tard dans la procédure. Parmi les personnes réunies dans la maison, une seule avait déclaré antérieurement qu'elle avait vu fuir l'assassin ; c'était Arthur d'Aubian, qui se vit contraint de répéter le récit à demi mensonger dont Piquet avait altéré déjà quelques circonstances.

— Ainsi, monsieur, lui dit le magistrat, le jardinier se trompe en affirmant que vous croyez avoir reconnu dans l'homme qui escaladait le mur le nommé Bonnemain ?

— Je n'ai pas vu son visage, je ne puis donc l'avoir reconnu, répondit Arthur, qui signa sa déposition d'une main ferme, décidé qu'il était à sauver même au prix d'un faux serment, l'honneur de la femme qu'il aimait.

Ces préliminaires terminés, le procureur du roi, qui avait hâte d'arriver au point capital de son enquête en confrontant la victime et l'accusé, rentra dans la chambre de M. Gorsaz. Il s'approcha du lit du vieillard, qui, malgré sa faiblesse, fit un effort pour se soulever et sembla le remercier de sa venue par un regard où s'était rallumée l'intelligence.

— Il n'est pas encore en état de parler, dit à demi voix le médecin au magistrat ; mais il entend et comprend ce qu'on lui dit.

— Monsieur, dit alors le procureur du roi en se penchant

vers le lit, bientôt, j'espère, vous pourrez nous donner de vive voix les renseignements qu'attend la justice pour punir l'attentat dont vous venez d'être la victime. En attendant que vous puissiez parler, veuillez, je vous prie, me répondre par signes... Une bougie roulée, que l'on a trouvée sur le secrétaire, fait supposer que l'assassin s'est servi de lumière, du moins en essayant de commettre le vol. Dans ce moment peut-être avez-vous pu l'apercevoir. Cette conjecture est-elle vraie? Avez-vous vu le meurtrier?

M. Gorsaz fit avec effort un signe affirmatif.

— S'il vous était présenté, le reconnaîtriez-vous?

Le vieillard répéta le même mouvement avec plus d'énergie, tandis qu'une expression d'horreur se peignait dans ses yeux.

— Monsieur, dit le médecin en prenant à part l'officier du ministère public, je dois vous déclarer qu'en ce moment une confrontation est dangereuse. L'état du blessé est encore bien précaire, et la vue du meurtrier lui causera nécessairement une émotion qu'il serait prudent d'éviter.

— C'est précisément, répondit le procureur du roi, parce que je regarde ainsi que vous l'état du blessé comme très-précaire, qu'il me paraît impossible de différer une confrontation qui seule doit jeter une lumière décisive sur cette affaire. Dans l'intérêt de la société, comme dans celui du prévenu, je ne dois pas négliger le seul moyen de constater irrécusablement la vérité. M. Gorsaz mort, que resterait-il? Des indices matériels, des présomptions plus ou moins graves, mais pas un témoignage oculaire, puisque M. d'Aubian déclare qu'il n'a pas reconnu le fugitif. Il faut donc profiter sans délai de l'état lucide du blessé, état qui peut empirer d'un moment à l'autre.

— Qui empirera infailliblement, si vous faites entrer l'assassin dans cette chambre, dit le docteur d'un ton vif.

— Me garantissez-vous, sur votre honneur, demanda le procureur du roi, que M. Gorsaz sera encore vivant demain matin?

— Personne n'est assuré de vivre jusqu'à demain, répondit le médecin, qui évita de répondre directement; faites ce que vous voudrez. En protestant contre une mesure qui peut être fatale à un homme confié à mes soins, j'ai rempli mon devoir.

— Comme je remplirai le mien, en découvrant le criminel n'importe à quel prix.

— Ce prix fût-il la mort d'un vieillard? demanda le docteur avec un généreux emportement.

— Monsieur, répliqua le magistrat d'un air sévère, vous parlez en apôtre de l'humanité; ainsi, je ne dois point me trouver offensé de vos paroles. Je suis, moi, le représentant de la société, et vous devez comprendre, à votre tour, qu'il m'est impossible de trahir mon mandat, quelle qu'en puisse être parfois la rigueur. Je regrette qu'un pareil débat se soit élevé entre nous, quoique à vrai dire il n'ait rien que d'honorable, puisqu'il prouve que l'un et l'autre nous connaissons nos devoirs. A votre place, je me conduirais peut-être ainsi que vous; permettez-moi de croire qu'à la mienne vous feriez comme moi.

Les deux hommes se séparèrent avec une gravité mutuelle. Tandis que le procureur du roi sortait de la chambre pour donner l'ordre qu'on y introduisît le prévenu, le médecin s'approcha de d'Aubian et du curé, qui, depuis que M. Gorsaz avait repris connaissance, se tenaient dans un coin, hors de sa vue; le prêtre, pour ne pas laisser voir au blessé que son état paraissait assez grave pour rendre nécessaire l'intervention des secours religieux; Arthur, par

une de ces pudeurs que fait éclore dans les cœurs honnêtes la conviction d'avoir irréparablement offensé un homme que l'on respecte.

— Curé, dit le docteur d'un air mécontent, la justice humaine n'est guère humaine. Vous devriez faire un sermon sur ce texte-là. Tandis que vous cachez charitablement votre soutane pour ne pas effrayer ce pauvre homme, le procureur du roi nous sert un plat de son métier. Pourvu qu'il complète son procès-verbal, peu lui importe le reste. Il va faire entrer l'assassin dans cette chambre. Je lui ai dit que je ne répondais de rien, et il persiste. Comme il voudra : je m'en lave les mains.

— Il faut emmener madame Gorsaz, dit Arthur, à qui Lucie en ce moment inspira autant de pitié que d'amour.

— C'est ce que je voulais dire, reprit le médecin. Il n'y a que vous, curé, qui puissiez y réussir. Emmenez-la donc, et ne la laissez pas revenir. Si l'on a besoin de vous, je vous enverrai chercher; mais qu'elle ne rentre plus ici. Elle a une organisation nerveuse, irritable à l'excès, et je crains que le sang ne lui monte au cerveau. Il y a des folles qui ont moins de dispositions à la démence, qu'elle n'en montre parfois lorsqu'elle est vivement émue. Consignez-la dans sa chambre; j'y monterai lorsque je pourrai m'absenter d'ici. Peut-être faut-il la saigner.

— Son état vous paraît-il réellement inquiétant? demanda d'Aubian alarmé de cette déclaration.

— Mon cher monsieur, lui dit à l'oreille le docteur, l'état d'une jeune femme prodigieusement nerveuse et mariée à un vieillard est toujours inquiétant.

Usant de la double autorité de son âge et de son caractère, le curé parvint à conduire Lucie hors de la chambre. Au moment où ils en sortaient tous deux, le procureur du roi y rentrait suivi de Bonnemain que tenait de chaque côté un des paysans, ses gardiens volontaires. A l'aspect de l'assassin de son mari, madame Gorsaz détourna la tête et chancela sur le bras du prêtre qui pressa sa marche en se disant tout bas :

— Dans ce malheur si grand, je vous rends grâce, ô mon Dieu; ce n'est pas un enfant de la paroisse.

Le prévenu et son escorte s'arrêtèrent à l'entrée de la chambre, tandis que le magistrat s'avançait seul vers le blessé pour le préparer à cette entrevue.

— Voici l'instant de la crise, dit le médecin à d'Aubian; aidez-moi, car ces domestiques sont si gauches qu'il n'y a aucun secours à en attendre. Passez le bras sous l'oreiller, et soutenez M. Gorsaz; dans sa position actuelle, il ne peut pas voir l'homme qu'on amène, et il faut tâcher d'abréger la cérémonie.

Après s'être assuré que le blessé, quoique muet encore, comprenait la scène qui allait avoir lieu, et paraissait en état de la supporter, le procureur du roi fit signe à Bonnemain d'approcher. Le forçat jeta autour de lui un regard farouche, et sembla calculer les chances d'une fuite dont il reconnut l'impossibilité; se résignant alors, il s'avança lentement et resta immobile à deux pas de sa victime, la tête baissée, la face livide, et agité d'un tremblement universel que remarquèrent tous les assistants.

— Ce vieux gredin a-t-il la vie dure! pensa-t-il en voyant ouverts et fixés sur lui les yeux de M. Gorsaz qu'il croyait avoir clos pour l'éternité.

La crise redoutée par le médecin se manifesta instantanément. A la vue du meurtrier, le vieillard, malgré son énergie, éprouva une terreur dont l'altération subite de ses traits attesta la violence. Très-pâle déjà, il blêmit encore;

ses paupières se fermèrent, et sa tête roula sur l'oreiller, comme si l'aspect du forçat eût achevé l'œuvre de son poignard. Tandis que le docteur se hâtait de préparer un cordial, Arthur, qui d'un bras soutenait le blessé, se pencha pour lui faire respirer un flacon de sels. En ce moment M. Gorsaz rouvrait les yeux; il aperçut alors près de son visage la figure de l'homme pour qui Lucie l'avait trahi. Il le regarda quelque temps d'un air de stupeur, comme on contemplerait une de ces apparitions auxquelles la raison ne nous permet pas de croire; mais tout à coup sur ses traits, que la mort déjà semblait tordre dans sa main glaciale, une flamme se ralluma : la haine, l'indignation, la fureur, la vengeance, toutes les sanglantes passions, qui depuis la veille lui dévoraient le cœur, jaillirent de ses yeux en un seul regard. Sans aide et par un mouvement d'une incroyable véhémence, le vieillard se souleva, puis il étendit la main vers Arthur que ce geste frappa d'une sorte d'épouvante superstitieuse, et fit pour parler des efforts convulsifs qui brisèrent à la fin les liens dont sa langue s'était trouvée jusqu'alors enchaînée.

— L'assassin ! l'assassin ! s'écria-t-il d'une voix qui semblait sortir d'un sépulcre.

La foudre en tombant. dans la chambre y eût à peine produit une impression comparable à celle que causa cette exclamation terrible et vengeresse. D'Aubian resta muet et atterré, comme s'il eût été coupable; un sourire hébété passa sur les lèvres du forçat. Le procureur du roi et le médecin échangèrent un regard expressif; ce dernier se rapprochant du blessé, lui prit le bras et lui tâta le pouls :

— *Ægri somnia*, dit-il en s'adressant au magistrat.

M. Gorsaz repoussa le docteur avec colère.

— Non, ce n'est pas le rêve d'un malade, dit-il d'une voix rauque mais distincte; le sang que j'ai perdu ne m'a pas ôté l'intelligence. J'ai toute ma raison; je vous vois tous... Vous êtes M. Mallet... Vous, vous êtes M. Carigniez, le procureur du roi de La Réole; le curé vient de sortir de la chambre, avec ma femme... Voilà des ouvriers qui travaillent chez moi, et cet homme..., continua-t-il en désignant Arthur d'un geste furieux, cet homme est celui qui vient de m'assassiner.

— Votre vue encore faible vous abuse sans doute, dit le magistrat qui, ainsi que M. Mallet, persistait à croire que le blessé ne jouissait pas de la plénitude de son intelligence; regardez de ce côté, ne reconnaissez-vous pas pour votre meurtrier l'homme qui est ici, à ma droite ?

— Pas de bêtises, mon magistrat, s'écria Bonnemain; vous voyez bien qu'il a reconnu l'autre, j'en prends tout le monde à témoin.

Le vieillard surmonta l'horreur que lui faisait éprouver la vue du forçat, et le regarda un instant avec un calme affecté.

— Cet homme, dit-il, s'appelle Bonnemain; il est employé par mon jardinier. Ce n'est pas lui qui a voulu m'assassiner... c'est celui-là, vous dis-je, c'est Arthur d'Aubian... Faites votre devoir, monsieur le procureur du roi; je n'ai peut-être que quelques instants à vivre, qu'on écrive ma déclaration. Si je meurs, je vous adjure tous de répéter devant le jury mes dernières paroles... Écrivez... non, donnez-moi une plume, j'aurai la force d'écrire moi-même.

— Parlez-moi de ça, se dit Bonnemain en respirant plus facilement qu'il n'avait fait jusqu'alors; si toutes les pratiques étaient aussi rondes en affaires, il y aurait de l'agrément à travailler. Il paraîtrait que le vieux sournois n'a pas encore digéré l'échelle de corde du grand brun; ça me va.

D'Aubian n'avait pas prononcé un seul mot; victime d'une vengeance dont il ne pouvait détourner le glaive, sans déshonorer publiquement une femme aimée, il s'enveloppa d'un silence de résignation et de dédain.

— Monsieur, lui dit le procureur du roi avec un embarras auquel sont rarement exposés les hommes de justice, quelque étrange que nous paraisse à tous la déclaration de M. Gorsaz, il m'est impossible de ne pas la mentionner textuellement dans mon procès-verbal.

— Faites votre devoir, monsieur, répondit Arthur d'un air grave.

Sur l'invitation de M. Carigniez, le vieillard raconta les détails de l'assassinat dont il venait d'être la victime; il fut véridique sur tous les points, hormis un seul. En dépit de toutes les objections qui lui furent adressées par celui qui l'interrogeait, il substitua invariablement au nom du meurtrier véritable celui de l'amant de Lucie. Au moment où il prenait la plume pour signer cette déclaration qui pouvait envoyer à l'échafaud un homme innocent, le curé rentra dans la chambre. A la vue du ministre d'une religion qui ordonne le pardon des injures, M. Gorsaz éprouva un instant d'hésitation, promptement étouffé par la haine; d'une main encore ferme, il signa le procès-verbal, et retomba aussitôt sur l'oreiller, épuisé des efforts inouïs qu'il venait de faire pour assurer sa vengeance en la confiant à un acte authentique.

— Est-ce fini ? demanda le docteur au magistrat; le voilà à demi mort ; il me semble que ça doit vous suffire. N'avez-vous pas appris tout ce que vous vouliez savoir ?

— J'ai appris plus que je ne désirais, répondit M. Carigniez d'un air soucieux; que pensez-vous de l'état de M. Gorsaz ? croyez-vous encore que les hallucinations de la fièvre soient pour quelque chose dans cette étrange déclaration ?

— Ma vie en dépendît-elle, répliqua le médecin, je ne puis pas mentir à ma conscience. M. Gorsaz n'a pas de fièvre en ce moment, et il sait fort bien ce qu'il dit. Dit-il la vérité ? voilà ce que j'ignore.

— Et vous, monsieur, ne m'aiderez-vous pas de vos lumières ? dit le procureur du roi au curé, qui en prenant connaissance de la déclaration du vieillard était resté plongé dans une muette consternation.

— Un chrétien véritable eût pardonné, répondit le vieux prêtre à qui Lucie avait fait des aveux, suivis de nouvelles fautes.

— Pardonné quoi ? demanda le magistrat.

Le curé comprit que prononcer un mot de plus serait trahir le secret de la confession.

— Dieu lit dans les cœurs, reprit-il d'une voix émue; lui seul peut faire descendre la lumière parmi les hommes qui ont mission de rendre la justice. C'est à lui de proclamer l'innocence et d'amender le criminel en lui envoyant le repentir.

— Je voudrais connaître votre opinion, dit le procureur du roi en insistant; croyez-vous M. d'Aubian coupable du meurtre dont il se trouve accusé ?

— Je le crois innocent, monsieur, répondit le prêtre avec chaleur.

— Comment alors expliquez-vous la conduite de M. Gorsaz ?

Le prêtre baissa les yeux et garda le silence. M. Carigniez, qui s'était assis devant un bureau pour relire le procès-verbal, pencha la tête sur ses mains et conserva quelque temps cette attitude méditative.

— C'est la tentative de vol qui m'embarrasse, dit-il enfin en se parlant à lui-même ; il se commet des meurtres dans toutes les classes ; mais ce vol ! voilà qui est inexplicable : un homme riche peut devenir assassin par jalousie, par vengeance, mais non par cupidité. La passion enfante le meurtre, le besoin enfante le vol ; ici la passion existe peut-être, mais où est le besoin ? — M. d'Aubian a de la fortune, n'est-il pas vrai ? dit-il à demi-voix en s'adressant au médecin.

— Oui, si le jeu lui en a laissé, répondit celui-ci du même ton.

— Ah ! c'est un joueur ? dit le magistrat.

— Un joueur un peu ruiné, je crois, reprit M. Mallet ; on l'a vu perdre à Bordeaux douze mille francs dans une seule soirée.

— Ceci change la question, dit le procureur du roi sur qui les paroles du docteur semblèrent produire une vive impression ; — je me disais tout à l'heure qu'on ne pouvait pas supposer un effet sans cause ; mais le jeu est une cause. Vous connaissez l'axiome :

> On commence par être dupe,
> On finit par être fripon.

On finit quelquefois par quelque chose de pire. N'a-t-on pas vu le comte de Horn assassiner un vieil usurier pour lui voler son argent.

— Vous donnez à des paroles irréfléchies une interprétation qui est fort loin de ma pensée, s'écria le médecin avec un accent de reproche.

— Interpréter est notre état à tous deux, répondit froidement M. Carigniez. Vous allez des symptômes au mal ; je vais, moi, de l'indice au crime, des soupçons à la preuve.

Le procureur du roi se leva, et s'approchant d'Arthur, qui, pendant cette scène, avait gardé son attitude ferme et silencieuse :

— Monsieur, lui dit-il avec une grave politesse, avez-vous quelques observations à faire sur ce que vous venez d'entendre ?

— Aucune, monsieur, répondit le jeune homme d'une voix où perçait une émotion vainement contenue ; il ne m'appartient pas de discuter l'accusation dont je me trouve l'objet, ni de chercher à dissiper l'erreur de M. Gorsaz. Dans ma déclaration, j'ai dit la vérité ; il est donc inutile que j'y ajoute rien. Il me semblerait au-dessous de moi de protester de mon innocence, dont personne ici ne doute.

Il jeta un regard expressif sur le lit du vieillard, qui ne répondit à cet appel de l'accusé que par un sourire où éclatait le triomphe d'une haine inextinguible et d'une implacable vengeance.

— Il sait tout, se dit Arthur, et c'est ma mort qu'il lui faut. Il sera satisfait, si, pour me sauver, je dois perdre Lucie.

En ce moment deux gendarmes, qui venaient d'arriver de La Réole, passèrent devant la fenêtre, à travers laquelle ils lancèrent un coup d'œil curieux. A leur vue Bonnemain éprouva la terreur instinctive qu'inspirent toujours aux malfaiteurs les agents de l'autorité, d'Aubian fronça le sourcil, et ses lèvres se contractèrent légèrement.

— Ces hommes sont-ils là pour s'assurer de ma personne ? demanda-t-il au procureur du roi avec une ironie forcée.

— Je puis vous offrir une place dans ma voiture, répondit le magistrat, à qui la fière contenance du jeune accusé fit éprouver en ce moment une sorte de respect involontaire.

— Nous accompagneront-ils ? reprit Arthur, plus occupé de l'ignominie que du danger de sa position.

— Non, si vous me jurez de ne pas essayer de fuir.

Arthur sourit d'un air méprisant.

— Il n'y a, dit-il, que deux espèces d'hommes qui fuient, le lâche et le coupable. Je ne suis ni l'un ni l'autre. Vous pouvez donc vous fier à ma parole d'honneur. Et maintenant, permettez-moi de vous demander encore une grâce.

— Parlez, monsieur, dit le magistrat.

— Partons sur-le-champ, repartit d'Aubian, pressé de sortir de ce lieu, car il craignait qu'en y rentrant inopinément, Lucie ne devînt témoin d'une scène si menaçante pour tous deux.

— Je suis à vos ordres, répondit le procureur du roi, qui venait de clore son procès-verbal, et dont la présence dans la maison de M. Gorsaz était désormais inutile.

Sur un signe du magistrat, tout le monde sortit de la chambre. Les deux gendarmes attendaient à la porte. Physionomistes par état, ils se placèrent avec beaucoup d'ensemble de chaque côté de Bonnemain, sur la figure duquel ils avaient simultanément flairé le crime.

— Mon magistrat, s'écria le forçat libéré, dites donc à ces messieurs qu'ils se trompent. Puisqu'il est clair comme deux et deux font quatre que je suis innocent de la chose, j'espère que vous allez me faire mettre en liberté. J'ai de l'ouvrage au jardin ; je ne suis pas un fainéant, pour perdre comme ça ma journée.

— La voix publique vous accuse, répondit M. Carigniez, et je suis forcé de vous mettre en détention provisoire. S'il n'y a pas de preuves contre vous, dans quelques jours vous serez élargi.

— En voilà une de justice, dit l'homme du bagne lorsqu'il vit d'Aubian monter en voiture à côté du procureur du roi ; l'assassin reconnu roule carrosse, et l'innocent va à pied entre deux gendarmes. C'est comme ça que les riches se soutiennent toujours pour vexer le peuple. Vous autres, si vous aviez du sang dans les veines, est-ce que vous laisseriez traîner en prison un de vos frères ?

— Tu n'as ici ni frères ni cousins, entends-tu, escamoteur de montres ? lui cria Piquet d'un air narquois.

— Vive la république ! à bas les jésuites ! hurla Bonnemain, qui, dans son désir d'émouvoir en sa faveur le populaire, lui jeta coup sur coup les deux plus énormes provocations qu'il pût imaginer.

Parmi les assistants personne ne bougea ; quelques huées se firent même entendre, et le forçat, contraint de se mettre en marche escorté de ses nouveaux gardiens, put se convaincre que son sort excitait fort peu de sympathie parmi ses anciens compagnons.

— C'eût été trop joli d'être relâché tout de suite, se dit-il avec une résignation forcée ; pourvu que le vieux qui a été si bon enfant jusqu'à présent n'aille pas changer d'avis.

Le départ des deux prévenus avait excité parmi les paysans rassemblés devant la maison une agitation dont le bruit parvint à la chambre de Lucie. Presque effrayée des cris qu'elle entendait, la jeune femme s'approcha de la fenêtre et aperçut Arthur qui en ce moment même montait dans la voiture du procureur du roi.

— Où va donc M. d'Aubian ? demanda-t-elle involontairement au médecin qui depuis quelque temps était venu la rejoindre.

— En prison, probablement, répondit M. Mallet en la regardant fixement.

— En prison! répéta Lucie.

— Ignorez-vous donc que c'est lui qui a voulu assassiner M. Gorsaz? Votre mari l'a formellement reconnu.

La pauvre femme, au lieu de répondre, regarda tout autour d'elle d'un air hébété; tout à coup elle ferma les yeux en pâlissant, et tomba entre les bras du docteur qui semblait s'attendre à cette crise, car, sans s'émouvoir, il la porta sur un canapé et lui donna les secours dont elle avait besoin.

— Curé, dit-il au vieux prêtre qui en cet instant entra dans la chambre, cette femme a maintenant deux confesseurs.

V

Pendant plus de six semaines le docteur Mallet eut deux malades à soigner, au lieu d'un, dans la maison de M. Gorsaz. Au bout de quelques jours l'état de Lucie avait paru plus inquiétant que celui du vieillard à qui une passion non assouvie prêtait une énergie victorieuse à la fois de l'affaiblissement de son âge et de la gravité de ses blessures. Tandis que le mari outragé se cramponnait violemment à la vie qu'il ne voulait pas quitter vengé à demi, la jeune femme, atteinte d'un morne désespoir, semblait aller d'elle-même au-devant d'une mort précoce et désirée. En la voyant chaque jour, plus faible et plus exaltée, devenir la proie d'une fièvre qui, après avoir épuisé le corps, menaçait d'envahir le cerveau et d'y éteindre peut-être l'intelligence, le médecin regretta plus d'une fois la rude épreuve à laquelle il avait eu recours dans le but de rendre ses soins plus efficaces en découvrant où il fallait les appliquer. Peu à peu, cependant, ses efforts persévérants triomphèrent d'un mal dont l'âge de Lucie rendait les racines moins tenaces. La fièvre s'éteignit avant d'avoir porté ses ravages dans le sanctuaire de l'âme, comme un incendie, repu d'édifices, expire au seuil d'un temple. La jeune femme reprit par degrés ses forces et conserva sa raison; triste succès de l'art! avec la raison elle eût perdu peut-être le sentiment de son malheur.

M. et madame Gorsaz ne s'étaient pas vus depuis le jour de l'assassinat. Séparés l'un de l'autre, réunis seulement par une pensée commune, également cruelle pour tous deux, ils avaient épuisé, pendant les longues heures de leurs veilles douloureuses, tout ce que contient de lie empoisonnée le calice des unions mal assorties. M. Gorsaz, le premier, fut en état d'enfreindre la rigoureuse consigne établie par le médecin. Un soir, profitant de l'absence momentanée du domestique chargé de le garder, il sortit de son appartement, et monta péniblement à celui de Lucie. D'un geste impérieux il renvoya la femme de chambre effrayée de cette apparition inattendue, et resta quelque temps immobile sur le seuil de la porte. Lucie était assise ou plutôt couchée sur une chaise longue, près de la cheminée. A la vue de son mari, elle ne fit pas un mouvement, ne prononça pas une parole, et demeura les yeux fixés sur lui avec une expression d'horreur mais non d'effroi. Les deux époux se regardèrent quelque temps sans rompre le silence; ils étudièrent avec une sombre avidité les ravages exercés sur chacun d'eux, depuis leur séparation, par la maladie et le chagrin. Le vieillard trouva flétrie et décolorée la jeune femme qu'il avait laissée pleine de séve et de frai-

cheur. Lucie aperçut bien des rides nouvelles au front de son mari; mais bientôt elle ne vit plus de lui que ses yeux où étincelait une passion implacable.

— Il faut bien que je vienne vous voir, puisque vous ne descendez pas, dit M. Gorsaz en s'asseyant à l'autre angle de la cheminée.

— On a dû vous dire que j'étais malade moi-même, répondit Lucie d'une voix faible.

— Sans cela vous ne m'auriez pas quitté; oh! je n'en doute pas, dit le vieillard avec un sourire amer; oui, je vois que vous avez été malade. Vous êtes si changée, qu'en entrant j'avais peine à vous reconnaître. Vous avez beaucoup souffert, à ce qu'il paraît?

— Beaucoup, dit la jeune femme en étouffant un soupir.

— Souffrir, à votre âge! cela vous paraît bien injuste, n'est-il pas vrai? reprit M. Gorsaz avec une compassion ironique; bon pour moi qui ai trop longtemps vécu et qui ne vaux plus rien que pour la tombe. Mais vous, une enfant! une fleur! souffrir! Oui, je comprends qu'un destin si étrange vous surprenne et vous fasse murmurer. C'était à moi de prendre toutes les douleurs; à vous de garder toutes les joies. Que sont quelques gouttes de sang désormais inutile, au prix des perles amères dont je vois les traces dans vos yeux? J'ai été bien égoïste sans doute. J'aurais dû pleurer vos larmes avec les miennes; de la sorte, l'éclat de votre beauté ne se serait pas obscurci, et que m'aurait fait, à moi, un chagrin de plus?

Le vieillard laissa tomber sa tête sur sa poitrine, et resta quelque temps avant de continuer.

— Vous ne me répondez pas, reprit-il en regardant fixement sa femme.

— Vous ne m'avez rien demandé, répondit Lucie d'un air morne.

— Vous avez raison. J'ai la tête si faible maintenant, qu'au bout d'une minute je ne me rappelle plus ce que j'ai dit, ou bien je crois avoir dit ce qui n'est que dans ma pensée. Qu'avais-je donc à vous demander? Ah! m'y voici, continua-t-il après avoir eu l'air de chercher dans sa mémoire; vous croyez-vous assez bien maintenant pour supporter un court voyage?

— Quel voyage? dit la jeune femme avec une secrète inquiétude.

— Le voyage de Bordeaux. Vous voyez que ce n'est qu'une promenade.

— Et qu'irions-nous faire à Bordeaux? reprit-elle d'une voix altérée.

— Ne faut-il pas que nous y soyons pour l'ouverture des assises? répondit M. Gorsaz avec un sang-froid affecté... J'ai reçu, il y a quelques jours, une double assignation, pour vous et pour moi. On juge cet homme, et il faut bien que nous allions déposer.

Lucie se leva, et tomba aux genoux de son mari, dont elle saisit convulsivement les mains.

— Je suis coupable, lui dit-elle avec un accent auquel le désespoir donnait une inexprimable puissance; j'ai violé mes serments; j'ai oublié mes devoirs, je vous ai trompé et trahi; je suis une misérable indigne de pardon. Je m'attends de vous ni grâce, ni pitié, ni miséricorde. Vous pouvez me fouler sous vos pieds, je ne pousserai pas une plainte; vous pouvez me tuer, je ne me défendrai pas; pour moi, je ne demande rien, je ne veux rien.

— Pour qui donc demander, et que voulez-vous? répondit durement le vieillard.

— Ce que je veux, s'écria-t-elle avec un redoublement

d'énergie, je veux que vous ne fassiez pas porter la peine de ma faute à un autre bien moins coupable que moi. Je veux que vous rétractiez une déclaration plus cruelle qu'un assassinat, car le poignard n'arrache que la vie, et l'échafaud emporte avec elle l'honneur. S'il vous faut du sang, que ne m'accusez-vous ? Il y a des femmes qui tuent leurs maris. Pourquoi n'aurais-je pas été une de ces femmes ? Dénoncez-moi, j'avouerai tout ; vous serez délivré d'une criminelle qui doit vous faire horreur, et un innocent ne mourra pas.

— Voilà qui est fort héroïque, dit M. Gorsaz avec une impassible raillerie ; mais j'ai trop bonne opinion de lui pour croire qu'il veuille la vie au prix de la vôtre. Il est de son devoir d'homme adoré de se laisser condamner à mort sans mot dire, et je suis sûr qu'il le fera.

— Il le fera, répéta Lucie en regardant fièrement son mari ; mais vous, si près de la mort vous-même, commettrez-vous un meurtre ? Vous ne croyez donc pas en Dieu ?

— Est-ce M. d'Aubian qui vous a appris à y croire ? dit le vieillard.

— Oui, vous avez raison. Choisissez les mots les plus cruels, percez-moi le cœur, et vengez-vous ; mais que ce soit sur moi seule.

— Où serait la justice ? Par quel privilége le plus coupable resterait-il impuni ? Non, à vous les larmes, à lui la mort.

— La mort !

— Les galères, peut-être. Oh ! il ne faut pas voir trop en noir.

— Mais il est innocent...

— Innocent ! répéta M. Gorsaz en se levant, tandis que, par une brusque secousse, il arrachait sa femme à l'attitude suppliante qu'elle avait prise. A vous entendre, il n'y a de criminel que le meurtrier qui vous plonge le poignard dans la poitrine. Croyez-vous donc que l'âme n'ait pas du sang aussi bien que le corps ? C'est le prix de ce sang de mon âme qu'il me faut, car il a été versé jusqu'à la dernière goutte. Vous ne comprenez donc pas, Lucie, que je vous aimais ! que sur cette terre vous étiez mon dernier, mon unique bonheur ? Et vous voulez que je pardonne ! Jamais !

Il repoussa par un geste inexorable la jeune femme, qui resta debout à quelques pas de lui d'un air pensif et sombre.

En ce moment le docteur Mallet entra dans la chambre.

— C'est bon signe quand le malade commence à désobéir au médecin, dit-il avec une bonne humeur affectée. Cependant, monsieur Gorsaz, permettez-moi de vous dire qu'il y a de l'imprudence à sortir de votre chambre.

— Il faut bien cependant que je m'y habitue, répondit le vieillard. J'ai un voyage à faire dans une quinzaine de jours, pour une raison qui n'admet point d'excuses.

— Ah ! oui, dit le médecin en regardant Lucie à la dérobée ; le procès de Bordeaux. Nous ferons le voyage ensemble, car j'ai reçu aussi une assignation, quoique je n'aie pas grand'chose à dire... Madame Gorsaz viendra-t-elle avec nous ?

— Dans l'état où elle se trouve, répondit M. Gorsaz d'une voix composée, je crains que cela ne soit imprudent, et peut-être dangereux. Vous êtes notre médecin, vous ne me refuserez pas sans doute une attestation que je puisse produire devant le président des assises.

— Nous verrons ça, dit M. Mallet avec un sourire équivoque. Grâce à Dieu, madame Gorsaz est en pleine convalescence, et une petite excursion, loin d'offrir du danger, lui serait peut-être avantageuse. Mais nous déciderons cela quand le moment sera venu. En attendant, mon cher malade, s'il vous plaisait de redescendre à votre appartement, voici mon bras. Madame a été levée trop longtemps aujourd'hui ; elle est fatiguée, et il faut la laisser reposer.

Sans faire d'observations, M. Gorsaz s'appuya sur le bras du médecin, et prit congé de sa femme avec une affection hypocrite. Les deux hommes sortirent de la chambre, où, au bout d'une demi-heure, M. Mallet rentra seul.

— Docteur, je veux aller à Bordeaux, lui dit d'un ton bref Lucie, qui semblait s'attendre à ce retour.

— Je m'en doutais, mais je voulais en être sûr, répondit le médecin en souriant tristement.

— Vous ne donnerez pas cette attestation qu'on vous demande, reprit-elle d'un air à la fois impérieux et suppliant.

— Je ne pourrais pas la donner sans mentir à ma conscience. Vous êtes réellement assez bien pour supporter la fatigue d'un si court voyage ; aussi n'est-ce pas le voyage que je redoute : c'est le séjour.

Lucie s'approcha brusquement du docteur, et d'une main lui ferma la bouche.

— Au nom du ciel ! pas un mot de plus, lui dit-elle. Quoi que vous ayez pu voir, entendre ou deviner, car dans mes accès de fièvre j'ai parlé sans doute ; quoi que vous sachiez maintenant, ne me dites rien. Ayez pitié d'une malheureuse femme ; servez-moi sans me forcer à rougir. Puis-je compter sur vous ?

— Comme sur un père, répondit M. Mallet avec attendrissement. Et il pressa sur ses lèvres la main que Lucie y avait appuyée.

VI

L'attentat commis sur la personne de M. Gorsaz avait produit dans tout le département de la Gironde une impression à laquelle n'offraient rien de comparable les plus lugubres catastrophes survenues depuis plusieurs années. L'âge et la fortune de la victime, la considération dont elle jouissait dans le pays ; l'étrange contraste des deux accusés, l'un, homme du monde, allié aux meilleures familles de la Guienne et connu déjà par les folies d'une jeunesse dissipée ; l'autre, galérien à peine sorti du bagne, ainsi que cela fut constaté dès le premier interrogatoire ; enfin, la maladie de madame Gorsaz généralement attribuée à un attachement conjugal d'autant plus méritoire que l'objet en était plus vieux ; toutes ces circonstances, sur lesquelles planait encore une incertitude mystérieuse, avaient excité au plus haut degré la curiosité publique. Chacun était impatient de connaître le mot de cette énigme sanglante. Les accusés surtout étaient devenus le sujet journalier d'une foule de conjectures, d'explications, de discussions, de paris même, soutenus avec une égale opiniâtreté de part et d'autre. Les uns refusaient de croire à la culpabilité d'Arthur. De ce parti étaient presque toutes les femmes qui, à la rigueur, eussent compris qu'un homme digne de leur intérêt pût commettre un crime poétique, mais qui ne pouvaient admettre la vraisemblance d'un forfait trivial.

— Cela est odieux, disaient à Bordeaux les femmes à la mode ; M. d'Aubian avec qui nous avons dansé l'hiver dernier, assassiner un vieillard ! Un jeune homme de bonnes manières, plein d'usage et d'esprit, et qui a une figure véritablement espagnole ! Lui ! avoir essayé de tuer un homme pour lui voler sa bourse ! Fi donc !

Si l'on avait accusé Arthur d'avoir poignardé M. Gorsaz,

dans quelque intention héroïque, par exemple pour lui enlever sa femme, la chose, quoique épouvantable, eût paru possible; les âmes romanesques même n'auraient pas refusé quelque pitié à un crime ainsi ennobli par la passion. Mais plonger un couteau dans le cœur d'un homme pour pouvoir ensuite fouiller dans ses poches, c'était le fait d'un forçat et non d'un cavalier. Ainsi argumentait le bon sens féminin qui, selon son usage raisonnait assez juste.

D'autre part, Bonnemain ne manquait pas de défenseurs officieux. Il avait pour lui d'abord le petit peuple, naturellement hostile à l'aristocratie, et qui, entre deux accusés de condition différente, penche volontiers pour le moins haut placé. Venaient ensuite les amis de l'humanité, les philanthropes de profession, les émancipateurs de nègres et tous les individus occupés de l'avenir des nations et du progrès social, race abondante en âmes sensibles pour qui un homme parfaitement dédaigné tant qu'il n'est qu'innocent, devient, pour peu qu'il sorte du bagne, un être prodigieusement précieux et recommandable. Ces gens-ci ne se gênaient pas pour traiter de prévention frivole et même barbare, l'opinion qui cherchait à justifier d'Aubian, en rappelant les antécédents déplorables de son coaccusé; ils attendaient plus impatiemment que les autres l'issue du procès, espérant bien de trouver dans l'acquittement de Bonnemain un nouveau texte pour leurs sermons contre les préjugés qui osent mettre en état de suspicion légitime les infortunés dont le bagne vient de compléter l'éducation morale.

Entre ces deux opinions, un troisième sentiment s'était formé; c'était celui des hommes impartiaux qui, pour mettre tout le monde d'accord, supposaient les deux prévenus également coupables et anticipaient sur la déclaration du jury, en proclamant la complicité incontestable. Ce tiers parti, qui ne l'était pas pour rien, achevait d'embrouiller la difficulté au lieu de la résoudre.

Tandis que le crime commis et le jugement attendu occupaient ainsi toutes les conversations à vingt lieues à la ronde, sur les deux rives de la Garonne, l'instruction se poursuivait avec l'activité qu'exigeaient la gravité de l'affaire et l'approche des assises. Les détails de cette enquête semblèrent destinés à faire triompher devant les juges l'opinion qui acquittait le forçat aux dépens de l'amant. Dans leurs interrogatoires réitérés, les prévenus persévérèrent mutuellement dans le système de dénégation absolue derrière lequel ils s'étaient retranchés d'abord; mais autant les faits nouveaux révélés dans le cours de la procédure parurent favorables à Bonnemain, autant ils devinrent accablants pour Arthur. Excepté ce dernier qui ne voulait rien dire, personne, au moment de l'attentat, n'avait aperçu le galérien. Arrêté au point du jour sur le chemin de Bordeaux, il lui avait été facile d'expliquer cette pérégrination matinale. Soupçonnant, avait-il dit, que ses compagnons venaient de découvrir sa condition véritable, il avait craint d'être dénoncé par eux à la justice et poursuivi pour avoir rompu son ban. Plutôt que de se laisser arrêter, il avait résolu de quitter le pays, et il s'était mis en route au milieu de la nuit, afin qu'on ne s'aperçût pas de son départ. Les pièces d'or trouvées sur lui provenaient de ses économies, et la somme n'était pas assez considérable pour que cette assertion parût invraisemblable. D'ailleurs on n'avait découvert aucune tache de sang sur ses habits, soit que dans l'intervalle du crime à l'arrestation il se fût débarrassé des vêtements qui l'eussent pu compromettre, soit que dans l'action même il eût conservé assez de sang-froid pour se préserver de toute trace délatrice. Enfin ses mains, scrupuleusement visitées, avaient été trouvées nettes sans qu'il parût qu'elles eussent été récemment lavées; l'habile forçat avait voulu ne laisser aucun prétexte aux soupçons qu'aurait infailliblement excités une propreté peu habituelle parmi les ouvriers campagnards, gens fort sobres d'ablutions. Par un raffinement ingénieux qui devait le dispenser de toute purification imprudente, pour tuer, il avait mis des gants. Quant au couteau qui avait servi au meurtre, aucun témoin ne l'avait jamais vu entre les mains du galérien qui, sans la circonstance d'une première condamnation, eût été probablement mis dès lors en liberté, faute de preuves.

Tandis que l'innocence de Bonnemain paraissait plus évidente à chaque déposition nouvelle, Arthur voyait s'amonceler autour de lui des charges de plus en plus graves qui, au besoin, auraient suffi pour faire croire à sa culpabilité, lors même que la terrible déclaration de M. Gorsaz n'eût pas existé. On ne put établir que le couteau lui appartînt; mais, cette preuve écartée, restaient d'autres indices non moins accusateurs. La corde à nœuds fut reconnue par un cordier de la Réole qui déclara l'avoir vendue à M. d'Aubian quelques mois auparavant. Il résultait de ce fait que l'entrée d'Arthur dans le parc avait été préméditée et non accidentelle, et que les instruments matériels de l'escalade se trouvaient incontestablement à sa charge. Il fut prouvé ensuite que, dans le courant de l'été, M. Gorsaz avait reçu à Bordeaux un remboursement d'une vingtaine de mille francs, qu'il avait aussitôt convertis en or, et que d'Aubian compagnon de voyage du vieillard, avait eu connaissance de ces deux faits. En interrogeant la vie antérieure de l'accusé, il fut facile de constater que, depuis plusieurs années, il avait perdu au jeu des sommes considérables et contracté des dettes pour l'acquittement desquelles son patrimoine semblait insuffisant. Lors de la visite domiciliaire opérée dans sa maison, on y avait trouvé fort peu d'argent. De toutes ces circonstances habilement groupées et mutuellement éclaircies par leur rapprochement, les gens exercés aux subtiles déductions de la logique judiciaire n'avaient pas eu de peine à tirer une conclusion péremptoire. A leurs yeux, Arthur d'Aubian, ruiné au jeu et ne trouvant plus d'argent à emprunter, s'était déterminé à commettre un vol, que le hasard avait métamorphosé en meurtre. C'étaient les plus indulgents qui admettaient cette dernière supposition; quant aux Dracons du parquet, la préméditation leur paraissait démontrée pour l'assassinat comme pour le délit inférieur.

Tels étaient la situation de l'affaire et l'état de l'opinion publique, lorsque les assises furent enfin ouvertes au chef-lieu du département. Quelques jours auparavant, les accusés avaient été transférés de la maison d'arrêt de la Réole à la prison centrale de Bordeaux. Les témoins, parmi lesquels se trouvaient au premier rang M. Gorsaz et sa femme, arrivèrent bientôt après dans cette ville. A l'approche de la dernière scène d'un drame, dont tous les esprits étaient occupés depuis deux mois, la curiosité générale s'accrut jusqu'à l'anxiété. Les révélations de l'enquête avaient éclairci les rangs des défenseurs d'Arthur; les femmes seules lui restaient généralement fidèles; plus les présomptions semblaient l'accuser, plus elles montraient de constance à le défendre.

— Que signifient toutes ces chicanes? disaient les plus zélées; on l'a vu perdre de l'argent à l'écarté et à la bouillotte, cela prouve seulement qu'il n'est pas heureux au jeu.

Il a des dettes; comment faire autrement, lorsqu'on va dans le monde et qu'on n'a pas de fortune? Enfin, il paraît qu'il se servait quelquefois d'une échelle de corde; voyez le grand crime! Pauvre jeune homme!

L'échelle de corde surtout avait considérablement contribué à entretenir dans le cœur des protectrices d'Arthur l'intérêt qu'il y avait d'abord excité. Au sein même de la cour royale un parti se prononça en sa faveur.

— Si vous concluez contre lui, je ne vous le pardonnerai jamais, dit à son mari la femme de l'avocat général chargé de soutenir l'accusation.

— Je conclurai certainement contre lui, répondit le magistrat; car je suis convaincu qu'il est coupable, tout autant que si j'avais vu commettre le crime.

— Et moi, quand même je l'aurais vu, je ne pourrais pas le croire.

— Il est fort heureux pour l'ordre social que les femmes ne puissent être du jury, reprit l'avocat général en haussant les épaules; avec elles, il serait impossible de faire punir un coupable, pour peu qu'il eût vingt-cinq ans, des cheveux bouclés et un habit bien fait.

Conformément à cette loi de la gradation qui semble si naturelle, qu'on l'observe même dans les choses les plus graves, l'affaire Gorsaz avait été réservée pour la clôture de la session. Les vols qualifiés, les attentats aux mœurs, les faux, les meurtres sans préméditation, et autres vulgaires délits passibles des galères tout au plus, furent expédiés au préalable, sans que personne, à l'exception des membres de la cour et des habitués des assises, daignât s'en occuper; mais quand vint le jour où devaient être jugés les prévenus dont le nom était dans toutes les bouches, la salle du jury se trouva trop étroite pour la foule qui se pressa aux portes dès le matin. Les sièges numérotés envahirent presque totalement l'espace réservé au public des audiences ordinaires. Un grand nombre de jeunes gens qui avaient vécu familièrement avec Arthur se montrèrent fort curieux de voir sa contenance sur la sellette. Ces amis excellents, introduits dans l'enceinte privilégiée, les uns par faveur, les autres sous la robe d'avocat stagiaire, se nichèrent bruyamment sur les bancs du barreau, derrière le tribunal, partout enfin où ils purent trouver place. Par une galante attention du président des assises, l'intérieur du prétoire avait été exclusivement réservé pour les femmes de la société, qui s'y entassèrent affairées et bourdonnantes comme des abeilles dans leur ruche. La veille, la plupart d'entre elles avaient jeté dramatiquement leurs bouquets aux pieds de mademoiselle Taglioni, qui donnait alors des représentations à Bordeaux; en ce moment, la figure à demi cachée par le voile de leur chapeau (à la cour d'assises, le voile est d'étiquette, comme le bouquet au théâtre), la poche garnie de flacons de vinaigre, et le mouchoir à la main, tout prêt pour les larmes, elles se préparaient peu silencieusement à des émotions plus pathétiques que les enchantements de la sylphide.

L'entrée simultanée de la cour et des prévenus excita dans ce brillant auditoire, un de ces mouvements qui rappellent les phénomènes de l'électricité. L'assemblée entière se leva d'un seul élan; et subitement, il se trouva que les femmes étaient plus grandes que les hommes; car, toutes, les plus timides même, venaient de monter sur leurs chaises. Le public des derniers rangs réclama par des cris énergiques, contre cet écran de chapeaux et de châles, qui dans un moment si intéressant, lui dérobait un spectacle longtemps attendu. Il se passa quelque temps avant que les huissiers pussent rappeler l'ordre et obtenir le silence; enfin l'assistance féminine consentit à se rasseoir, et le groupe empanaché s'affaissa sur lui-même, comme s'aplatissent les vagues de la mer, dès qu'a cessé l'orage qui les avait émues.

Tous les yeux, cependant, restaient avidement fixés sur les accusés qui, pour rendre hommage au principe de l'égalité des hommes devant la loi, avaient dû se placer côte à côte, le gentilhomme près du forçat, sur le banc ignominieux destiné aux prévenus. Deux mois d'une captivité, dont le terme pouvait être l'échafaud, avaient imprimé sur les traits d'Arthur des traces visibles et profondes. L'élégant jeune homme qui, l'hiver précédent, avait obtenu, dans les plus brillants salons de Bordeaux, des succès dus à sa bonne mine au moins autant qu'à son esprit, s'offrit aux compagnons de ses beaux jours, pâle, amaigri, défait, et portant sur sa physionomie le sceau d'une fatalité dont il paraissait comprendre l'horreur en s'y soumettant. Mais si son front sembla décoloré et son œil privé de la flamme que les femmes y avaient quelquefois remarquée, sa contenance du moins n'avait rien perdu de sa fermeté et de sa noblesse. Sans daigner jeter un regard sur l'homme auquel il se trouvait accouplé, ni sur cet auditoire aux yeux béants, qu'il entendait frémir autour de lui, comme une meute autour de la curée, il échangea quelques paroles avec son défenseur, dont l'amitié et le dévouement lui étaient depuis longtemps acquis; puis il s'assit d'un air calme, et resta, dans une attitude grave et impassible, indifférent en apparence à ce qui allait se passer.

— Ma foi, le beau d'Aubian est à présent mal surnommé, dit à un de ses voisins un jeune homme ayant lui-même de hautes prétentions à la beauté.

— Le pauvre garçon ne doit pas être à son aise, répondit le voisin qui avait été ami de d'Aubian au point de le tutoyer; coupable ou non, ça me ferait de la peine qu'on le condamnât. Mais aussi quelle idée d'assassiner ce vieux bonhomme! Il avait mille autres moyens de se procurer de l'argent.

— Quels moyens?

— Pas une des femmes qui sont ici n'aurait refusé de lui en prêter.

— Bah! les femmes donnent et ne prêtent pas, dit d'un ton sentencieux un troisième interlocuteur.

— Ça ne revient-il pas au même?

— Pour moi, dit le bellâtre d'un air prude, infamie pour infamie, j'aimerais autant le vol.

— Madame de Chamesson est-elle ici? lui demanda l'ancien ami d'Arthur, qui, en jetant inopinément au joli garçon le nom de cette femme riche et surannée, lui ferma la bouche.

Pour paraître devant les jurés, Bonnemain, qui n'ignorait pas l'influence qu'exerce souvent sur eux la physionomie des prévenus, avait employé tous les artifices de toilette que comportaient son physique et sa condition. Vêtu de neuf, grâce aux dix louis de M. Gorsaz, rasé frais, le regard modeste et habituellement baissé, les mains posées sur les genoux, il se tenait sur la sellette d'une façon si bénigne et si révérencieuse, qu'à la vue de ce nouvel Ambroise de Laméla, plus d'un spectateur ne put s'empêcher de dire à son voisin:

— Est-il possible que ce soit là un forçat libéré? Sur sa mine, on lui donnerait le bon Dieu sans confession.

Le tirage au sort des membres du jury, la lecture de l'arrêt de renvoi et de l'acte d'accusation, l'interrogatoire des accusés et les dépositions de plusieurs témoins remplirent la première séance, et ne laissèrent pas languir un seul instant l'intérêt de l'auditoire ; mais le drame n'apparut réellement dans toute l'énergie de son expression, mystérieusement tragique, qu'à l'audience du lendemain, lorsque de la chambre des témoins on vit sortir, pâle et débile, un vieillard dont la blanche chevelure, les traits imposants et la physionomie calme dans sa sévérité, excitèrent, parmi tous les rangs des spectateurs, un murmure de respect et de pitié : C'était M. Gorsaz.

VII

Depuis deux mois, le ressentiment sanguinaire, dans lequel s'était concentrée la dernière énergie d'un homme près de la tombe, n'avait éprouvé aucun affaiblissement, mais il avait subi peu à peu les modifications qu'amènent toujours le temps et la réflexion. A l'emportement furieux, à la soif insatiable, à l'avide frénésie qui d'abord avaient regardé comme une lâche impunité le moindre retard à la vengeance, avait succédé une détermination froide, patiente, implacable et d'autant plus terrible qu'au lieu de s'épancher elle se contenait. A force de bouillir dans le cœur, ce creuset de chair aussi ardent que l'airain sur la fournaise, les passions les plus désordonnées finissent par rejeter les scories qui auraient pu altérer leur trempe. Le dernier terme de ce raffinage est l'hypocrisie, miraculeuse puissance qui gagne en profondeur ce qu'elle dissimule en surface, et dont le jet, lorsqu'il éclate enfin, ressemble à l'explosion d'une mine.

M. Gorsaz avait donc compris la nécessité de régler sa vengeance pour la rendre efficace. Lorsqu'il entra dans la salle du jury, sa physionomie et son maintien étaient composés avec un art qui eût fait honneur à l'acteur le plus consommé ; loin de trahir la haine dont son cœur était ulcéré, ses yeux, en s'arrêtant sur Arthur, n'exprimèrent qu'une compassion douloureuse dont l'auditoire fut vivement ému. A ce regard où il s'attendait à trouver de la fureur, mais non une menteuse pitié, d'Aubian devina qu'il était irrévocablement perdu, et il répondit par un amer sourire au pardon magnanime dont semblait l'accabler le vieillard. Les yeux de M. Gorsaz glissèrent ensuite sur le forçat sans s'y arrêter ; mais, malgré sa rapidité, ce mouvement fut si expressif que, pour cacher l'impression qu'il en ressentait, Bonnemain détourna la tête et la tint quelque temps baissée.

— En voilà un de brave homme, se dit-il ; j'étais sûr qu'il ne voudrait pas me mettre dans la peine. Au fait, ça doit lui aller joliment d'envoyer le grand brun à la butte de monte-à-regret ; si j'avais été marié, j'aurais été comme ça, moi : pas bon enfant du tout. Quand je pense que j'ai voulu faire du mal à ce respectable vieillard, je suis honteux ; aussi quelle diable d'idée de me dire : « Si tu me débarrasses de cet homme, tu auras dix mille francs, » et de m'en montrer en même temps vingt mille, dans ce gueux de secrétaire qui n'a pas voulu s'ouvrir. Entre dix mille francs et vingt mille, le moyen d'hésiter !

Le silence le plus profond s'était établi, tandis que M. Gorsaz répondait aux questions d'usage que lui adressait le président des assises. Cette formalité remplie, le vieillard s'assit sur un siége placé devant le banc de la cour, et se tourna du côté des jurés ; d'une voix grave, dont l'émotion semblait causée par le regret qu'éprouve un cœur généreux à se porter accusateur, il répéta littéralement la déclaration qu'il avait faite le jour de l'attentat. Ce récit disait en substance qu'endormi au moment où il avait reçu les premiers coups, M. Gorsaz, avant de perdre entièrement l'usage de ses sens, avait positivement reconnu le meurtrier, celui-ci ayant allumé une bougie, afin de s'éclairer pour forcer le secrétaire.

— Regardez les accusés, dit le président au témoin, êtes-vous bien sûr que celui que vous avez reconnu soit Arthur d'Aubian ?

Le vieillard se tourna du côté du prévenu et arrêta sur l'amant de Lucie un regard dont le triomphe était voilé d'une pitié admirablement jouée.

— C'est bien lui, dit-il en poussant un soupir ; c'est en vain que je voudrais ne pas le reconnaître.

Une sensation générale et prolongée suivit cette déclaration. Arthur seul resta impassible en apparence et se contenta de sourire avec dédain.

— Monsieur le président, dit un des jurés quand le calme fut rétabli, je désirerais que le témoin nous dît si antérieurement à l'attentat il existait quelque sujet d'inimitié entre lui et l'accusé.

Cette question excita un vif intérêt surtout parmi les femmes qui, forcées de croire à la culpabilité d'Arthur, ne pouvaient cependant admettre qu'un vol en eût été le but. L'accusé lui-même rougit légèrement et parut éprouver une secrète inquiétude ; mais M. Gorsaz était préparé à toutes les interrogations, celle-ci ne lui causa donc ni surprise, ni trouble.

— Monsieur d'Aubian et moi, nous sommes voisins de campagne depuis longtemps, répondit-il, et nos relations avaient toujours été celles de la confiance, de la cordialité, je pourrais dire de l'amitié : de mon côté du moins, ces sentiments ne sont pas encore anéantis, malgré le sang versé ; je sens cela au chagrin que j'éprouve depuis deux mois. Ce malheureux événement m'a causé encore plus de peine morale que de souffrance physique.

La voix altérée du vieillard et la tristesse de sa physionomie excitèrent dans l'auditoire un nouveau murmure de pitié.

— Ainsi donc, reprit le président, vous ne connaissez aucune cause à laquelle puisse être attribué l'attentat dont vous avez été la victime ?

— La cause, répondit M. Gorsaz d'une voix mélancolique, c'est selon moi cette déplorable passion du jeu qui a déjà perdu tant de jeunes gens dignes d'un meilleur sort : monsieur d'Aubian jouait beaucoup et malheureusement ; mes conseils n'avaient pu le détourner de cet abîme chaque jour plus profond. Dans un moment de désespoir, il aura pensé à l'argent qu'il m'avait vu recevoir quelque temps auparavant ; que ne me le demandait-il, le malheureux, au lieu de chercher à s'en rendre maître d'une manière si déplorable ! s'il avait eu confiance en moi ; s'il avait pensé que la bourse d'un vieil ami était à son service, ce fatal événement ne serait pas arrivé, et nous ne serions pas ici tous deux ; moi désespéré d'être son accusateur, lui...

Le vieillard se tut comme si l'attendrissement lui eût coupé la parole, et sa main, qui venait de désigner Arthur par un geste pathétique, retomba aussitôt avec abattement.

Ce propos touchant, cette pantomime empreinte d'une douleur paternelle, produisirent parmi les spectateurs, et même au banc des jurés et des juges, une de ces émotions pénétrantes que ressentent les cœurs honnêtes à la vue d'une action héroïque. M. Gorsaz, s'apitoyant sur son assassin au lieu de le maudire, parut aux gens religieux le plus vertueux observateur des préceptes de l'évangile : les lettrés le comparèrent à don Gusman faisant grâce à Zamore ; les femmes mêmes, séduites par une grandeur d'âme que rehaussaient de longs chéveux blancs, un débit accentué, des yeux expressifs en dépit de l'âge, en un mot, tous les accessoires dramatiques qu'elles affectionnent dans la vertu, les femmes transportèrent subitement sur le vieillard magnanime l'intérêt que la plupart avaient jusqu'alors obstinément conservé au jeune prévenu.

— Qu'il a dû être beau, il y a quarante ans ! s'écria l'une d'elles dans un naïf transport.

— Il l'est toujours, répondit sa voisine en enchérissant sur cette admiration ; la beauté morale n'a pas d'âge. Quelle générosité ! quelle noblesse ! Je comprends maintenant que madame Gorsaz soit tombée dangereusement malade en se voyant menacée de le perdre.

— C'est le roi Lear, observa une Philaminte romantique, vouée au culte de Shakspeare.

Ce mot passa de bouche en bouche et fut sentencieusement répété, même par celle qui ne le comprenaient guères.

— Avez-vous quelque observation à faire sur la déposition du témoin ? demanda le président des assises à d'Aubian.

L'accusé se leva et parut lutter contre une tentation violente dont il finit par triompher.

— Pour l'honneur de ma mémoire, dit-il, car ce n'est pas ma vie que je défends, je dois répéter que je suis innocent du crime dont on m'accuse. Quant à la déclaration de M. Gorsaz, il ne m'appartient pas de la discuter ; que votre justice prononce ; quel que soit son arrêt, je saurai m'y soumettre.

Cette protestation parut aussi froide que contrainte, et fut défavorablement accueillie.

— Ce n'est pas ainsi que s'exprime l'innocence, dirent entre eux la plupart des spectateurs ; on ne se soumet pas à une condamnation injuste, on s'en indigne. Une résignation si extraordinaire confirme l'accusation loin de la détruire : cet homme est coupable ; cela est écrit sur sa figure.

M. Gorsaz, ayant terminé sa déposition, vint s'asseoir au milieu des témoins après avoir recueilli sur son passage des preuves non équivoques du respectueux intérêt qu'il avait excité. Les conversations particulières interrompirent l'audience pendant quelques instants ; mais tout d'un coup ce murmure confus se changea en un silence religieux ; le président venait de dire d'une voix entendue de l'assemblée entière :

— Introduisez madame Gorsaz.

Un huissier sortit de la salle, et y rentra presque aussitôt, précédant la jeune femme qui devint à l'instant le but de la curiosité générale. La tête haute, le visage coloré par la fièvre, l'air inspiré, elle s'avança d'un pas ferme jusqu'au bord de l'estrade où se plaçaient les témoins pour déposer. Là, elle s'arrêta, sourde en apparence aux interpellations que lui adressait le président. Son regard où flamboyait l'égarement parcourut, avec une surnaturelle assurance, l'auditoire entassé au-dessous d'elle ; rapidement arrivé au banc des prévenus, il se fixa sur d'Aubian et prit alors une indicible expression d'avidité, d'amour et de désespoir ; par un geste effréné mais non involontaire, Lucie tendit les bras à son amant et d'une voix éclatante :

— Arthur ! s'écria-t-elle me voici

Ce cri de secours, âpre comme le rugissement d'une lionne blessée, fit courir un frisson électrique par les mille veines de cette foule avide d'émotions et servie en ce moment au delà de son espérance. Au milieu de la stupeur universelle, deux hommes, le mari et l'amant, se levèrent en frémissant, l'un de fureur, l'autre de pitié.

— C'est là un trait de démence, s'écria M. Gorsaz ; on ne peut pas recevoir le témoignage d'une folle.

— Folle ! dit Lucie qui défia du regard son mari, et se tourna vers le chef de la cour : interrogez-moi, monsieur, vous verrez si je suis folle, si je ne comprends pas vos questions, si je n'y réponds pas d'une manière sensée. Folle ! bientôt peut-être ; mais en ce moment j'ai toute ma raison, je sais ce que je fais et ce que je dis.

— Madame, calmez-vous, je vais vous interroger, dit le président qui, dans les yeux de Lucie, crut voir étinceler les menaçantes lueurs d'une démence que pourrait exaspérer la contradiction.

— Monsieur le président, je m'oppose à cet interrogatoire, reprit M. Gorsaz d'une voix entrecoupée ; je prouverai que depuis quelque temps la raison de ma malheureuse femme s'est altérée. M. Mallet, son médecin et l'un des témoins, vous certifiera ce fait s'il veut rendre hommage à la vérité.

— Monsieur Mallet, veuillez approcher, dit le président, et voyez par vous-même si madame est en état de soutenir l'interrogatoire.

Lucie sourit au médecin qui montait les degrés de l'estrade, et lui tendit la main, lorsqu'il fut près, par un geste plein de confiance. Possesseur d'un secret découvert par sa pénétration, le docteur eût laissé condamner Arthur plutôt que de perdre une femme à laquelle il portait, depuis longtemps, un attachement presque paternel ; mais il ne poussa pas le raffinement chevaleresque au point de la sauver malgré elle en lui fermant la bouche.

— Il s'agit de la vie d'un homme, pensa-t-il ; si elle l'aime assez pour lui sacrifier son honneur, de quel droit l'empêcherais-je de le faire ?

Il prit le bras de la jeune femme pour lui tâter le pouls, formalité superflue, car elle ne lui apprit rien qu'il ne sût déjà.

— Madame a une fièvre violente, dit-il au milieu d'un silence si profond qu'il semblait que toutes les respirations fussent suspendues ; depuis deux mois, c'est là son état habituel. Un des caractères de ce mal, dont les efforts de l'art n'ont pas encore triomphé, est une surexcitation anormale que la moindre émotion redouble et peut rendre inquiétante ; mais de cette irritation du système nerveux à une perturbation des organes de la pensée, il y a loin, grâce à Dieu ! Madame Gorsaz, comme elle-même vient de l'affirmer, jouit de la plénitude de sa raison, et je suis convaincu qu'elle comprendra parfaitement les questions qui lui seront adressées, ainsi que la portée de ses propres paroles

L'auditoire accueillit la déclaration du médecin par un murmure de satisfaction et s'apprêta, dans sa frivolité cruelle, à dévorer le scandale dont il avait craint un instant de se voir privé. Hors de lui-même, M. Gorsaz voulut gravir les degrés de l'estrade pour en arracher sa femme ; mais les gendarmes lui barrèrent le passage, et il retomba sur un banc où il resta, la figure cachée dans ses mains, et en apparence anéanti. Arthur, sur qui Lucie tenait les yeux ardemment fixés, la supplia, par un regard, de ne pas trahir davantage un amour dont l'aveu devait la déshonorer. En réponse à cette muette prière, il n'obtint qu'un geste passionné qui exprimait l'inébranlable résolution de le sauver ou de se perdre avec lui.

VII

Pendant ce temps une vive discussion s'était engagée au banc des juges dont la sagacité n'avait pas prévu ce romanesque incident. Dans l'intérêt de la morale publique, le président voulait supprimer l'interrogatoire de madame Gorsaz, qui sur le fait matériel de l'assassinat ne pouvait donner aucun éclaircissement; il rallia ses collègues à cette opinion; mais l'avocat général, dont l'assentiment était nécessaire, n'était pas homme à renoncer bénévolement à l'accessoire adultère qui, en se greffant de lui-même sur une accusation déjà capitale, promettait d'en faire, le ministère public aidant, le plus beau procès criminel que la cour de Bordeaux eût jugé depuis dix années. Consulté par le président, l'accusateur en robe rouge déclara donc que la déposition du témoin lui paraissait indispensable.

Pendant ce débat, madame Gorsaz était restée debout et immobile, regardant obstinément Arthur comme si une séparation de deux mois l'en eût rendue insatiable. La fierté de sa pose, en un pareil moment, eût paru le signe d'une énergie virile ou plutôt surhumaine, sans un tremblement presque imperceptible qui la forçait d'appuyer la main sur le fauteuil qu'on lui avait apporté; à ce frémissement se trahissait le roseau, que devait briser un souffle dès qu'aurait disparu la séve éphémère qui le soutenait.

La jeune femme répondit d'une manière lucide, et l'on pourrait dire calme, aux questions de forme que lui adressa le président; lorsqu'il l'eut invitée à dire aux jurés ce qu'elle pouvait savoir relativement à l'attentat commis sur la personne de son mari, elle se recueillit un instant; non qu'une timidité vulgaire vînt ébranler la détermination de ce cœur héroïque, mais pour rassembler en ce moment décisif ses forces près de l'abandonner!

— Je suis entrée ici respectée, j'en vais sortir avilie, dit-elle enfin d'une voix altérée mais vibrante; peu importe! Entre mon honneur et sa vie je n'hésite pas. Depuis dix mois Arthur d'Aubian est mon amant... Arthur d'Aubian est mon amant, répéta-t-elle avec une incroyable énergie en étouffant d'un geste dominateur la rumeur soulevée par ces paroles, depuis dix mois, je le reçois dans ma chambre, pendant la nuit, souvent. Au moment du crime je l'attendais; si on l'a trouvé dans le parc, c'est que pour arriver jusqu'à moi il n'y avait pas d'autre chemin. Arthur est donc mon amant, je le répète. Qui osera dire encore qu'il est un assassin?

— Moi, dit M. Gorsaz en se levant avec rage.

— Et vous mentez, s'écria Lucie dont le regard sembla foudroyer le vieillard. Cet homme ment, reprit-elle en le désignant du geste, je l'ai trahi, et il le sait, et pour se venger il accuse Arthur d'un crime. Je lui avais proposé de m'accuser, moi; je ne me serais pas défendue; mais il n'a pas voulu. Le sang d'une femme ce ne serait pas assez; il lui faut celui d'Arthur, d'Arthur que j'aime, je ne dis pas plus que ma vie, ce serait trop peu, mais plus que mon honneur!

Lucie s'interrompit et promena ses yeux étincelants sur la partie de la salle occupée par les femmes, parmi lesquelles régnait une vive agitation, et dont les chuchoteries condamnaient clairement un aveu si contraire à tous les usages reçus.

— Vous parlez d'impudeur! leur dit-elle avec un sourire plein d'amertume. Malgré votre peu de pitié je ne souhaite à aucune de vous de devenir assez malheureuse pour apprendre qu'il est une chose plus puissante encore que la pudeur, c'est le désespoir. Si l'échafaud n'était pas là, pensez-vous que je viendrais ainsi livrer ma honte à vos mépris? On veut le tuer, vous dis-je. Pour que vous ne rougissiez plus de moi, faut-il donc que je le laisse mourir?

En prononçant ces derniers mots, Lucie chancela et ferma les yeux, tandis qu'une funèbre pâleur remplaçait sur son visage le fard éclatant dont la fièvre l'avait coloré. L'énergie surnaturelle qui l'avait soutenue jusqu'alors s'était anéantie subitement comme s'éteint sous un souffle brusque la flamme d'une lampe. Le docteur Mallet, qui du pied de l'estrade suivait avec une anxiété vigilante les moindres mouvements de la jeune femme, s'élança vers elle et la reçut dans ses bras au moment où elle tombait. Plusieurs hommes accoururent pour se joindre à lui, et Lucie fut aussitôt transportée dans la salle des témoins; elle y resta quelque temps inanimée, mais à cet évanouissement succédèrent bientôt des convulsions plus effrayantes que toutes les crises nerveuses qu'elle avait subies jusqu'alors.

— L'audience est suspendue pour une demi-heure, dit le président qui désespéra d'obtenir immédiatement le silence et l'attention.

Ces paroles achevèrent de déchaîner l'orage, et l'auditoire prit soudain l'aspect d'une mer houleuse. Cent conversations également bruyantes s'engagèrent à la fois. La conduite de madame Gorsaz devint le texte intarissable des commentaires les plus véhéments et les plus disparates. Les uns la trouvaient folle, les autres épouvantable, quelques-uns sublime. En général, les vieillards étaient du premier avis, les femmes du second, les jeunes gens du troisième.

— Que ce d'Aubian est heureux! s'écria l'un de ces derniers d'un ton pénétré.

— Heureux! d'être sur la sellette? répondit en ricanant un homme d'un âge mûr.

— Eh! qu'importe! est-il une humiliation que n'efface, un chagrin que ne console le bonheur d'inspirer une pareille passion? Malgré son ignominie, la sellette même devient un trône pour celui qui règne sur un si noble cœur. Oh! être aimé ainsi et mourir!

Le regard extatique du jeune homme adressa cette sentimentale exclamation à une jolie blonde à portée de l'entendre, et dont la coquetterie le tenait depuis six mois sur la sellette, en attendant le trône.

— Être aimé est agréable sans doute, reprit l'homme positif; mais mourir!... sur l'échafaud!... je vous y souhaite bien du plaisir.

À la reprise de l'audience, le président déclara que l'état très-grave de madame Gorsaz ayant exigé qu'on la transportât chez elle, il appartenait à l'accusation comme à la défense d'interpréter sa déposition dans leur intérêt respectif, et aux jurés d'en apprécier la valeur.

— La liste des témoins est épuisée, dit-il ensuite; la parole est à M. le procureur général.

Dans les discussions législatives et judiciaires, les incidents qui surgissent d'une manière complétement inattendue deviennent des écueils où échouent les parleurs vulgaires dont l'intelligence se trouble dès qu'elle est prise au dépourvu; mais que surmontent d'autorité les orateurs maîtres de leur esprit comme de leurs paroles. Bordelais d'origine, l'officier du ministère public, magistrat superficiel d'ailleurs, possédait, ainsi qu'un assez grand nombre de ses compatriotes, la faculté improvisatrice qui confond dans un seul acte la pensée et l'expression. Au rebours de l'abbé de Vertot, il eût sans efforts recommencé son siége et pris Malte, montre en main, de dix manières différentes. En ce moment, sans paraître le moins du monde embarrassé d'un événement qui semblait devoir changer la face du procès, il développa l'accusation telle qu'il l'avait préparée dans le silence du cabinet. Avec l'infatigable patience de la fourmi brin à brin, grain de sable après grain de sable, il entassa sur d'Aubian une montagne sous laquelle eût ployé la vertu d'Hercule. Puis, quand l'œuvre lui parut suffisamment lourde, écrasante et inébranlable, il y ajouta tout d'un coup, masse terrible dans sa main et couronnement imprévu, la déposition de madame Gorsaz.

— Dans un accès de désespoir, s'écria-t-il d'un ton pathétique, un vieillard respectable, un mari cruellement outragé, vous a dit cette femme est folle ! Noble et triste mensonge, que je n'ai pas le courage de blâmer; mais mensonge cependant ! Non, messieurs, cette femme n'est pas folle ; son médecin vous l'a attesté. Cette femme n'est pas folle, à moins que vous n'appeliez folie l'emportement effréné d'une passion adultère, qui, l'œil audacieux et la tête haute, est venue se dévoiler dans le sanctuaire de la justice pour y jouer la scène déplorable dont tous les cœurs semblent encore douloureusement occupés. En foulant aux pieds toute retenue, toute pudeur, madame Gorsaz a cru sauver celui qu'elle ose nommer son amant. Malheureuse femme, qui n'a pas vu que, loin d'être une justification, son déshonneur ajoutait à l'accusation une preuve de plus, la plus foudroyante de toutes peut-être ! Que prouve en effet cette déclaration inouïe ? C'est qu'avant de porter le meurtre dans la maison de M. Gorsaz, l'accusé avait commencé par y porter l'adultère, préludant ainsi à un crime par un autre. Et c'est ce qui arrive presque toujours : *Nemo repentè turpissimus*. Eh quoi! cette tache honteuse qui vient de se produire au grand jour prétendrait faire disparaître le sang versé! Non, messieurs, le sang subsiste sous la boue, et rien ne nous empêchera d'en suivre la trace, depuis la victime jusqu'à l'assassin.

L'avocat général continua longtemps sur ce ton, en corroborant sa faconde par la véhémence de son geste et la chaleur de sa déclamation. D'inductions en mouvements oratoires, d'arguments en appels aux passions, il parvint à faire de la culpabilité du prévenu une sorte d'astre lumineux et sinistre dont un aveugle seul eût pu nier l'évidence. A la fin de la péroraison, Arthur se trouva convaincu d'avoir voulu assassiner M. Gorsaz, non-seulement pour lui voler son argent, mais encore afin d'épouser la femme adultère qui fût devenue par le veuvage un parti fort désirable pour un homme ruiné au jeu. Cette éloquente plaidoirie produisit sur l'assemblée une impression victorieuse et décisive que l'avocat de d'Aubian s'efforça de détruire, mais sans succès. Vainement il invoqua en faveur de l'accusé l'aveu de Lucie, qui expliquait si naturellement les circonstances métamorphosées par le ministère public en charges accablantes; vainement il essaya de prouver que la déposition de M. Gorsaz n'était qu'une calomnie inspirée par la vengeance. Dans sa réplique plus foudroyante en-

core que son premier discours, l'avocat général pulvérisa irrémédiablement tout le système de la défense.

En trouvant dans le prévenu, sur le sort duquel ils devaient prononcer, un séducteur de femmes mariées, les jurés, qui ne comptaient parmi eux que deux célibataires, n'en devinrent pas plus indulgents. A leurs yeux, le délit conjugal parut un crime de plus, loin d'être accepté comme une excuse. Après une délibération longue et grave, ils déclarèrent, à la majorité de neuf voix sur douze, Arthur d'Aubian coupable d'une tentative de meurtre avec préméditation, suivie d'une tentative de vol. Bonnemain, contre qui le ministère public avait abandonné l'accusation, fut acquitté à l'unanimité.

Malgré la nuit venue, la presque totalité de l'auditoire était restée en place afin d'assister au dénoûment du drame; les accusés, qu'on avait fait sortir de la salle tandis que le chef du jury lisait la déclaration, y furent bientôt ramenés et écoutèrent avec une sorte d'impassibilité silencieuse la lecture du verdict, le réquisitoire de l'avocat général sur l'application de la peine, et enfin le double arrêt prononcé par le président. Le forçat ne manifesta sa joie d'être acquitté que par une sorte de grognement guttural, causé par l'avidité avec laquelle il venait de rentrer dans la libre pratique de sa respiration.

— Je boirais diantrement bien un verre d'eau, et même de vin, dit-il au gendarme placé à sa droite.

Arthur avait accueilli d'un air ferme la déclaration du jury, mais lorsque le président donna lecture de l'arrêt de la cour, qui le condamnait à vingt ans de travaux forcés, il laissa tomber sa tête sur sa poitrine et demeura quelque temps dans une sorte d'anéantissement.

— Alphonse, dit-il enfin d'une voix brève à son défenseur assis devant lui, tu as fait ce que tu as pu pour moi, et je te remercie; mais le moment est venu, rappelle-toi ta promesse.

— Ce n'est pas un arrêt de mort! répondit le jeune avocat dont le visage était couvert d'une mortelle pâleur.

— C'est l'arrêt de mille morts, reprit le condamné avec énergie; veux-tu donc que j'aille aux galères? rappelle-toi ton serment, te dis-je. Tu n'as pu me sauver la vie, sauve-moi l'honneur.

Il se pencha davantage vers son ami; leurs mains se rencontrèrent et échangèrent une étreinte longue et mystérieuse. En se redressant, Arthur vit tout à coup surgir du milieu de la foule, entassée dans le prétoire, une figure hâve et sinistre dont les yeux dévorants s'attachèrent aux siens avec une expression de féroce triomphe. Le condamné répondit à l'acharnement de ce regard par le sourire calme et dédaigneux de l'homme plus fort que la destinée.

— Monsieur Gorsaz, dit-il d'une voix ferme, regardez-moi bien, afin de vous souvenir de moi à l'heure de votre mort!

A ces mots, Arthur appuya sur sa poitrine la pointe du poignard que venait de lui remettre son ami, et d'une main assurée il se l'enfonça dans le cœur. Il resta debout un instant encore, les yeux démesurément ouverts et fixés sur le vieillard, à qui cette lugubre fascination inspira un effroi involontaire, puis il tomba subitement, comme un arbre sapé par la hache.

Un cri d'horreur s'éleva de toutes parts.

— Mort ! s'écria le docteur Mallet, qui des premiers s'était précipité vers celui qui n'était déjà plus qu'un cadavre; elle folle, et lui mort ! Mon Dieu, que ta justice soit pour eux plus miséricordieuse que celle des hommes!

— Tout à fait mort! dit à son tour Bonnemain en se penchant vers le jeune homme étendu à ses pieds. — Se tuer comme ça, parce qu'on l'avait condamné à vingt ans! cette bêtise!

IX

Trois mois après, par une triste soirée d'hiver, le docteur Mallet entra dans la maison de M. Gorsaz, où depuis leur retour de Bordeaux il venait chaque jour. Sans demander le vieillard, il monta directement à l'appartement de Lucie, dont l'état alarmant exigeait les soins assidus que lui prodiguait le médecin avec un dévouement inaltérable. Il ouvrit discrètement la porte de la chambre à coucher, et s'approcha du lit de la jeune femme, qui semblait dormir d'un sommeil léthargique. Sans qu'elle s'éveillât, il lui prit le bras pour interroger le battement de l'artère, puis, d'une main inquiète, il effleura son front, qu'il trouva brûlant comme l'albâtre d'une lampe nuit et jour allumée.

— La fièvre redouble et le cerveau s'engage de plus en plus, se dit-il en baissant la tête d'un air soucieux.

Le docteur contempla quelque temps avec une compassion douloureuse l'être souffrant dont il espérait encore de sauver la vie, mais non pas la raison.

— Je suis sûr qu'il lui est arrivé quelque chose depuis hier, dit-il ensuite à demi-voix à une femme d'un âge mûr et d'une tournure virile qui se tenait debout devant la cheminée et semblait attendre les ordres du médecin.

— J'ai bien soigné des malades, répondit la garde en levant les yeux au ciel; mais je n'ai jamais rien vu de pareil à ce qui se passe ici. D'abord, cette nuit, madame s'est levée tout endormie, comme ça lui arrive souvent; mais cette fois, elle a voulu se jeter par la fenêtre. Elle avait déjà la moitié du corps de l'autre côté du balcon, quand je suis parvenue à la retenir.

— Vous dormiez donc? dit M. Mallet avec un accent de colère.

— Quand j'aurais eu un peu de sable dans les yeux... on n'est pas de fer... En attendant, c'est heureux que j'aie un poignet solide; sans cela, à l'heure qu'il est, cette pauvre dame n'aurait plus besoin de médecin. Mais ça n'est rien; c'est ce matin qu'il est arrivé une belle histoire?

— M. Gorsaz est-il entré ici? demanda vivement le docteur.

— Vous l'avez dit. Aussitôt madame est tombée dans des convulsions qui ont duré plus de deux heures. Il fallait être quatre pour la tenir; et c'est avec bien de la peine qu'on en est venu à bout. Quand elle n'a plus eu de forces, elle s'est endormie d'épuisement; mais j'ai idée que ce sommeil n'annonce rien de bon.

Le récit de la garde fut interrompu par un faible bruit que fit la porte en s'entr'ouvrant. Le médecin tourna brusquement la tête, et aperçut M. Gorsaz arrêté sur le seuil. Se précipitant aussitôt vers lui, il le repoussa dans l'autre chambre.

— Vous n'entrerez pas! lui dit-il avec un accent impérieux; ce matin, vous avez profité de mon absence; mais en ce moment, il faut m'obéir. Que prétendez-vous faire? Voulez-vous achever de la tuer?

— Elle dort, répondit le vieillard d'une voix soumise. Je vous en supplie, docteur, laissez-moi entrer. Que craignez-vous? Elle dort; elle ne me verra pas.

— Ne connaissez-vous pas l'étrange lucidité de son sommeil? Même en dormant elle devinerait que vous êtes là.

— Que je puisse la regarder un seul instant, reprit M. Gorsaz. Ce matin, à peine ai-je pu l'entrevoir, et il y a si longtemps que vous me tenez éloigné d'elle! Suis-je donc condamné à ne plus la voir?

— Votre présence la tuerait, répondit le docteur; tant que je serai son médecin, je m'opposerai à une entrevue sans motif et dont le résultat ne saurait être que déplorable. Dans l'état terrible où elle se trouve, le moindre surcroît d'émotion serait mortel. Épargnez-la donc, au nom du ciel! Le sang d'Arthur d'Aubian ne vous suffit-il pas? Vous faut-il encore celui de cette malheureuse femme?

Le vieillard pencha la tête d'un air morne, et demeura quelque temps avant de répondre. Levant enfin sur M. Mallet un regard plein d'un sombre désespoir:

— Si, pour la sauver, il suffisait de mourir moi-même, je voudrais que ce fût aujourd'hui, lui dit-il d'une voix tremblante. Que fais-je au monde, misérable vieillard, objet d'horreur et d'effroi, sans famille, sans amis, sans enfants? Elle était tout cela pour moi; elle était ma joie, mon bonheur, mon trésor! Que n'était-elle ma fille! peut-être elle m'aurait aimé!

— Que servent les regrets, quand le mal est sans remède?

— Sans remède! J'en connais un, mais il exigerait une énergie que je n'ai plus, car la vieillesse énerve l'âme, et ne lui laisse de force que pour souffrir. Me croirez-vous, docteur? Je n'ai jamais été un lâche; eh bien! je n'ose pas me tuer. Et ne pensez pas que ce soit la religion qui me retienne; c'est la peur. J'ai le désir du suicide et n'en ai pas le courage. Il l'a eu, lui! Jeune et aimé, il a su mourir; et moi, si près du tombeau que je n'ai qu'à en lever la pierre pour y descendre, j'hésite et je tremble. Faiblesse et lâcheté, voilà donc les dernières compagnes de l'homme!

M. Gorsaz parut oublier la présence du médecin et redescendit à son appartement d'un pas lent et pénible; il y passa le reste de la soirée, immobile dans son fauteuil, la tête penchée sur la poitrine, les yeux fixes, et savourant goutte à goutte l'inépuisable tristesse dont s'abreuvait son cœur depuis plusieurs mois. A onze heures, son domestique étant entré dans la chambre, il se leva et se laissa déshabiller avec une docilité machinale; puis après avoir pris une potion narcotique, dont ses insomnies lui avaient fait contracter l'habitude, il se coucha.

Le plus profond silence régnait dans toute la maison; depuis longtemps les domestiques s'étaient retirés dans leurs chambres. Le sommeil léthargique de Lucie durait toujours, et malgré l'incident de la nuit précédente, la garde, selon son usage, s'était assoupie sur un fauteuil; M. Gorsaz enfin venait de s'endormir. Tout à coup le vieillard fut réveillé par le bruit que fit, en tournant sur elle-même, l'espagnolette de la fenêtre. Ayant ouvert les yeux, il aperçut avec un étonnement mêlé d'effroi une large bande d'argent qu'à travers les châssis de la persienne la lune projetait sur le tapis. Ce rayon fut un instant éclipsé par le corps d'un homme qui s'élança dans la chambre et marcha droit au lit d'un pas rapide et muet, comme celui du tigre. M. Gorsaz essaya de se lever, mais avant qu'il eût pu jeter un cri ou saisir le cordon de la sonnette, il fut assailli et renversé par le malfaiteur, qui d'une main lui serra la gorge et de l'autre s'arma d'un long couteau, qu'il tenait tout ouvert entre ses dents.

— Grâce... Bonnemain... murmura le vieillard, qui, à

la clarté de la lune, venait de reconnaître le meurtrier.

— Pas un mot, ou je frappe, répondit le forçat à voix basse. Écoutez : vous allez vous lever, ouvrir le secrétaire, et me donner l'argent. Si vous ne dites rien, je ne vous ferai pas de mal; si vous essayez de dire une seule parole, je vous saigne comme un poulet. Est-ce entendu ?

Glacé de terreur, M. Gorsaz fit un signe affirmatif; il se releva ensuite avec l'aide de Bonnemain, qui, par précaution, lui saisit le bras, prit une clef dans la poche de sa redingote, ouvrit le secrétaire, et tira de la cavité secrète la sébile pleine d'or à laquelle, depuis cinq mois, le forçat n'avait cessé de penser, ni la nuit, ni le jour.

— Est-ce tout ? dit celui-ci, en couvant des yeux sa proie.

— C'est tout ce qu'il y a dans ma chambre, répondit M. Gorsaz d'une voix à peine distincte; mais j'ai encore de l'argent dans le bureau de ma bibliothèque. Faut-il l'aller chercher ?

— Merci; vous appelleriez vos domestiques, et je serais pincé. Trop d'appétit nuit. Je me contenterai des rouleaux.

— Emportez-les, je vous les donne, et je vous jure de ne pas vous dénoncer.

— Connu; avant une heure on serait à mes trousses, comme l'autre fois. Pas si bête.

A ces mots le forçat, par un mouvement aussi rapide qu'imprévu, passa derrière M. Gorsaz, l'étreignit fortement et lui ferma la bouche de la main gauche, tandis que de la droite il le poignardait avec une précision anatomique. Frappé au cœur, le vieillard mordit convulsivement les doigts de l'assassin, poussa un râle étouffé et mourut. Bonnemain le coucha sur le parquet sans faire de bruit et s'assura qu'aucune artère ne battait plus. Certain alors de n'être jamais dénoncé par la victime, il se releva et plongea la main dans la sébile posée sur le secrétaire. En ce moment le bruit d'une porte qui s'ouvrit lui fit courir dans les veines un frisson glacial. Il se retourna éperdu, et, à la lueur de la lune, qui seule éclairait cette scène de meurtre, il aperçut, à l'entrée de la chambre, une figure blanche, dans laquelle un esprit superstitieux eût cru reconnaître le fantôme vengeur de l'homme assassiné. Cette apparition marcha droit au forçat, qui, de terreur, laissa tomber à la fois son poignard et les rouleaux de louis. Fléchissant sur ses genoux, il eut pourtant la force de regagner la fenêtre qu'il escalada par un effort désespéré. Il traversa le jardin à la course, franchit le mur de clôture, et se mit à fuir à travers la campagne, emportant à ses mains, comme la première fois, du sang et point d'or.

Deux heures plus tard, la garde de madame Gorsaz, s'étant enfin réveillée, s'aperçut que le lit de la jeune femme était vide. Très-effrayée, elle courut à la fenêtre et la trouva close; mais elle vit alors la porte entre-bâillée. Allumant un bougeoir, elle suivit de chambre en chambre jusqu'au rez-de-chaussée les traces de la somnambule, qui, sur son chemin, n'avait refermé aucune des portes qu'elle avait ouvertes. Elle arriva enfin au seuil de l'appartement de M. Gorsaz, et s'y arrêta en poussant un cri d'horreur qui porta dans toute la maison l'éveil et l'épouvante.

Totalement éclairée par la lumière nocturne qui inondait une partie de la chambre, Lucie, les cheveux épars et les yeux fermés, était assise à côté du cadavre de son mari. L'amusement puérile dont elle paraissait sérieusement occupée annonçait que dans son cerveau les caprices de la démence s'étaient joints à ceux du somnambulisme. Elle tenait la sébile sur ses genoux, cassait les rouleaux l'un après l'autre, et éparpillait sur le tapis les pièces d'or qu'elle rangeait en compartiments symétriques. Le sang épanché de la blessure du vieillard était venu se mêler à ce jeu, et la folle y teignait ses doigts en riant.

Lucie, arrachée de cette chambre fatale, ne s'éveilla que pour tomber dans des convulsions horribles, pendant lesquelles s'éteignirent les dernières lueurs de sa raison. La scène qui avait eu lieu cinq mois auparavant se renouvela plus tragique encore cette fois. L'enquête judiciaire établit d'une manière péremptoire que, dans un accès de somnambulisme, madame Gorsaz avait assassiné son mari contre lequel, depuis la mort d'Arthur d'Aubian, elle nourrissait une haine implacable; il parut également démontré qu'en dormant, elle n'avait fait qu'exécuter un attentat depuis longtemps médité. Parmi les membres de la chambre des mises en accusation, plus d'un pensa que le sommeil même n'excusait pas suffisamment le meurtre, et qu'il y avait lieu de renvoyer l'affaire devant le jury; mais la folie de l'accusée ayant été légalement constatée ôta tout prétexte au procès criminel. Au lieu d'être enfermée dans une prison, la veuve du vieillard fut placée dans une maison de santé; ce qui parut trop indulgent à beaucoup de gens.

En 1838, parmi les curieux qui visitaient l'établissement de Charenton, se trouvait un citadin d'une cinquantaine d'années, frais et gras, proprement vêtu, et très-bien brossé; il donnait le bras à une femme endimanchée de toutes pièces, à l'exception de la figure, et le doigt à un enfant de quatre ans, que la vanité maternelle avait martialement engainé dans un uniforme d'artilleur. Ce groupe, image de la félicité bourgeoise, ce dernier reflet des mœurs patriarcales, était de ceux qui font sourire malignement l'artiste et doucement rêver le philosophe.

Le chef de cette intéressante famille, qui venait de prendre son fils sur son bras pour lui mieux faire voir les pensionnaires de l'établissement, s'arrêta tout à coup à l'aspect d'une folle encore jeune et belle, qui, sans faire attention à lui, traversa le préau en murmurant plaintivement le nom d'Arthur.

— Qu'as-tu donc, monsieur Bonnemain ? dit à son mari la femme endimanchée; te voilà pâle comme un linge.

— C'est de faim, répondit en recouvrant son sang-froid l'ancien forçat, devenu, grâce à la dot de *son épouse*, chef d'un établissement de commerce très-florissant; — allons dîner; Achille s'endort; les fous ne l'amusent plus; et moi, j'en ai assez comme ça.